왜 날 사랑하지 않아?

Pourquoi tu m'aimes pas?
by Claire Castillon

Copyright ⓒ Librairie Arthème Fayard, 2003
Korean Translation Copyright ⓒ MUNHAKDONGNE Publishing Corp., 2007
All Rights Reserved.

This Korean edition is published by arrangement with
Librairie Arthème Fayard through Bestun Korea Agency.

이 책의 한국어판 저작권은 베스툰 에이전시를 통해
Librairie Arthème Fayard와 독점 계약한 (주)문학동네에 있습니다.
저작권법에 의해 한국 내에서 보호를 받는 저작물이므로
무단 전재 및 무단 복제를 금합니다.

표지 사진
Author photo ⓒ Patrick Swirc | Corbis Outline | 토픽포토에이전시

이 도서의 국립중앙도서관 출판시도서목록(CIP)은
e-CIP 홈페이지(http://www.nl.go.kr/cip.php)에서 이용하실 수 있습니다.
(CIP제어번호: CIP2007003183)

Pourquoi tu

왜 날 사랑하지 않아?

m'aimes pas?

클레르 카스티용 장편소설 | 김윤진 옮김

문학동네

티에리 베도사에게

그는 생선가게 앞에 멈춰 서서 뱀장어를 만지작거린다. 나는 계속 숨어서 그를 바라본다. 그에게 살갑게 굴지 못할까봐 두렵다. 나는 빵을 사서 재빨리 엄마가 기다리는 집으로 올라간다. 언젠가 그는 실성할 것이고, 몇몇 채소 재배인들은 초등학생용 책가방을 매고 다니는 그를 보며 머리를 설레설레 흔들 것이다. 그 가방은 엄마가 사줬쩌? 저희끼리 농도 주고받을 거고. 늑대 먹이로나 딱 좋을 물렁한 살덩어리. 아버지를 볼 때면 목이 멘다. 그는 밤이 되기를 기다렸다가 집에 들어올 것이다. 입을 열어 저녁인사를 해야 한다는 건 생각만 해도 진저리가 나고 불편한, 안 그래도 무거운 팔다리가 축 처지는 일인데, 졸음마저 신이 나서 날고 있는 그를 거꾸러뜨리려고 노린다.

엄마는 그를 차갑게 대한다. 원래 엄마는 뜨거운 여자이지만 불쌍하게도 아버지에게 사랑을 너무 쏟아붓느라 진땀을 뺀다. 엄마는 사랑을 말하고 또 믿지만, 이제 아버지는 그 사랑을 받아들이지 않는다. 그들은 권태에 가까운 사랑, 서로 다투기만 하는 찌질한 단계에 머물고 있다. 엄마는 마땅히 그래야 하기 때문에 아버지를 사랑하고, 아버지는 그들이 가까스로 얻은 아이, 이제 곧 청년이 될 아이 때문에 엄마를 버리지 못한다. 아버지는 종종 한숨이 묻은 말투로 말한다. 네 엄마 배는 애 떨어지는 배야. 신혼 시절 몇 년간 엄마는 질투로 인해 신경이 예민해졌고, 혹시 속아서 결혼한 건 아닌가 싶어 아주 일찍부터 배가 불러왔다고 한다. 아버지 이야기로는 그렇다. 전화가 오고, 아버지가 달려오고, 병원이고 집이고 어디서건 엄마는 아이를 유산하고, 그리고 그들은 다시 그짓을 반복했다. 아버지는 엄마의 배를 다시 채워 넣고 싶어했다. 여덟 달이야, 알아? 엄마는 아버지에게 소리를 질렀다. 난 여덟 달이나 그 아이를 기다렸는데, 당신은 부러 점점 더 늦게 들어왔어, 친구들과 약속이 있다고 둘러대기나 하고 말이야, 마누라가 유산을 하는데 친구들은 무슨 얼어죽을 친구들이야!

엄마는 정식 장례 절차를 밟았다. 여덟 달 동안 뱃속에 넣고 있었으니 아이를 묻어줄 권리가 있다는 얘기였다. 좀 도와주기라도 해, 당신이 개를 죽였으니까, 그럴듯한 묏자리라도 찾게 도와달라고. 한 달도 채 살지 못한 큰누나는 모퉁이 묘지에 잠들어 있다. 가끔 난 누나를 찾아간다. 누나 역시 날 돌봐주었을 거라고 상상해보면서. 뭐 그랬다면 더 귀찮았겠지만.

네번째로 임신을 한 엄마는 잠잠히 지냈다. 아버지의 소지품을 뒤지지도 않고 감시도 포기했다. 그렇게 나는 태어났다. 내 이름, 내 옷, 우유, 내가 좋아하는 장난감, 생일 등, 모든 걸 정한 건 엄마였다. 아버지는 한쪽 구석에 납작 엎드려 무사히 일이 끝나기만 기다렸다. 아버지는 약간 몸이 불었다. 그리고 친구들을 잃었다. 엄마가 나를 낳던 날, 아버지가 문을 열고 들어서자 엄마는 그저 빙긋 미소만 지었다. 아마 아버지는 결혼 전 육 개월처럼 다시 행복해지리라 생각했을지도 모르겠다. 아버지는 엄마가 변덕이 심한데다 장모인 나의 외할머니와 비슷한 묘한 버릇이 있다는 걸 알아차렸다. 뭔가 놀라운 일이 있을 때마다 턱을 안으로 당기며 웃음을 터뜨리는 습관이었다. 아버지 눈에는 그게 예뻐 보였던 모양이다. 그렇게 웃으면 엄마가 성숙한 여인처럼 보였기 때문이다. 게다가 아버지는 젊은 여자를 사랑하기엔 아직 어렸다.

저녁에 아버지가 퇴근해서 돌아오면 엄마가 하는 말이 있다. 아버지에게 비주*하지 마라, 지저분해! 그런 소릴 들으면 화가 날 법도 한데, 천만에, 아버지는 자신이 더럽다며 손을 씻는다. 얼굴도! 얼굴 빼먹지 말라고! 엄마는 소리를 지른다. 아버지는 내가 숙제를 끝마쳤는지 보러 온다. 그리고 머리에 잘 들어가느냐고 묻는다. 그러고 나면 저녁식사 시간. 무거운 침묵이 깔리고 아버지는 헛기침을 하며 엄마를 본다. 안 그랬다간 대번에 엄마의 윽박지르는 소리가 날아온다. 나한테 뭐 잘못된 것 있어? 왜 날 보지 않는 거야? 아버지는 엄마가 뭇 여자들과 다를 바 없다고, 많은 여자 중에서 눈에 띌 정도의 특이한 매력이 없다고 생각한다. 처음에는 활짝 웃을 때 드러나는 어린아이같은 삐죽삐죽한 이도 사랑스러웠는데, 지금은 그 시절 그를 사로잡았던 매력이 사라져버렸다. 아버지는 궁금해한다. 도대체 누가 그녀에게서 그 매력을 앗아갔을까. 분명 엄마의 요청에 따라 이를 매끈하게 갈아준 치과의사일 것이다. 엄마는 어른의 치아를 갖고 싶어했다. 인생에 실망해 반듯하게 이를 갈아버린 엄마는 손가락으로 식탁보를 쓱쓱 문지르다가 빵 부스러기가 나오면 한숨부터 내쉰다. 아버지가 흘린 부스러기다. 엄마가 왜 한숨을 내쉬는지 나는 안다.

---

* 양볼에 뽀뽀하는 프랑스식 인사.

그 나이쯤 되면 나처럼 그걸 먹어치울 수 있지 않겠느냐고, 그러면 식탁 치우는 일 따윈 안 해도 되지 않겠느냐고 말하고 싶어한다는 걸.

아버지는 끊임없이 닳아가는 엄마의 턱을 본다. 턱이라고 달린 사십 년 동안 엄마의 턱은 입 뒤로 미끄러져 들어가는 바람에 입과의 접합 부위가 함몰되고 말았다. 아버지는 울퉁불퉁한 치아 끝을 가는 대신 차라리 턱을 세우는 편이 더 나았을 거라고 생각한다. 하지만 그런 생각을 엄마에게 말했다가는, 단가가 다르다고 했잖아, 라는 퉁명스런 대답이 되돌아올 게 뻔하다. 그러다가 자신을 바라보는 닳고닳은 시선에 짜증이 나면 엄마는 말한다. 스크래블*이나 할까? 그러면 어쨌든 시간은 갈 거 아냐. 우선 다 치우고 애를 재울게.

엄마는 아버지가 집에 들어서면 집 안을 치우기 시작한다. 그가 올 때까지 하루 종일 미적거리며 남겨둔 일이다. 엄마는 청소를 하면서 또 어느 부위를 고칠까 궁리한다. 물론 남편의 수입이 좋아졌을 때나 가능한 일이다. 나는 자러 간다. 엄마가 와서 나

---

* 각자 알파벳 철자가 새겨진 일정한 수의 패들을 가지고 점수판 위에 단어를 조합하여 점수를 얻는 게임.

를 안아준다. 나는 엄마가 날 몇 살 더 어린 아이로 생각하도록 내버려둔다. 어린 나는 엄마의 목에 팔을 두르고 때로는 조금만 더 있어달라고 조르기까지 한다. 그럴 때 엄마는 말할 수 없이 행복해하지만 결국 이성에 지고 만다. 내일 학교 가야 하잖아, 착하지, 이제 자야 한단다, 아니면 책이라도 좀 읽던지.

그러고 나서 그들은 스크래블 판을 펼친다. 주말에는 나도 판에 낀다. 엄마는 케이블 티브이 신청을 해두었는데, 게임을 하면서 동물의 왕국을 본다. 그렇지만 맹수들의 울음소리를 듣지 않으려고 소리는 죽여놓는다.

비참한 처지에서 발버둥치는 부모님을 바라보며 고통을 글로 쓰기 시작한 몇 해 전부터 나는 잠을 잃었다. 내가 도저히 이룰 수 없는 잠을 청하는 동안, 아버지는 판을 벌리면서 생각한다. 오늘 밤 엄마에게 하려 했던 말, 이제 당신이 지겨우니 떠나겠다는 선언을. 그런데 내가 어떻게 잠을 잘 수 있단 말인가, 잘못된 사랑 속에서 허우적거리는 측은한 그들 둘만 남겨두고. 아버지가 그렇게 안달하고 있는 이상, 그들이 파경을 맞을 것은 자명해 보인다. 아버지는 엄마에게 자신들의 생활이 엉망진창이라고, 이대로 펑 터뜨려 단번에 끝을 낼 수도 있다고 얘기할 것이다. 엄마의 기분은 아랑곳하지 않고 모든 걸 털어놓겠지. 결국 엄마는 팔을 축 늘어뜨린 채 **꺼져버려** 하고 중얼거릴 것이다. 아버지는 엄마에게 차라리 창문으로 뛰어내려 자신을 홀아비로 만들어주는 편이 낫다는 걸 설명해야 한다. 그러면 아들을 위해 예쁘고 다정하며 유머감각도 있는 근사한 젊은 새엄마를 구할 거라고도. 또 자신은 열렬히 그녀를 사랑할 것이며, 아들 역시 훈훈한 애정으로 짠 커다란 외투로 감싸줄 것이라고도 약속할 것이다. 그게 모두를 위한 길이라는 말도 덧붙이면서.

"차 한잔 줄까?"

아버지는 못 들었다. 엄마가 갈라진 목소리로 더 크게, 끈질기게 반복해 물었다. 세번째로 물었을 때야 아버지는 알아듣고 겁을 먹는다.

아버지는 나와 내 꿈을, 꽃이 만발하고 토끼들이 뛰어다니는 푸르른 나라를 꿈꾸고 있었는데, 거친 폭풍우에 일순 모든 것이 황폐해진다. 풀은 찻물에 젖고, 하늘은 으르렁거리며, 토끼들은 벌렁 자빠져 입을 벌린 채 붓순나무* 속에서 익사한다.

"고맙지만 됐어."

"당신을 위해 한잔 탔어. 마셔야 해, 안 그러면 당신 입에서 고약한 냄새가 난다니까."

---

* 미나리과의 향초식물. 아니스라고도 한다.

엄마는 아버지 앞에 찻잔을 놓으며 말한다.

꿈의 나라에서는 시체 썩는 냄새가 나고, 독수리들이 익사한 토끼들의 시체를 뜯어 먹는다. 이제 푸르른 나라는 없다. 모든 것이 깜깜하다. 우리집 식구들은 빛을 보며 살도록 태어나질 않았다. 층을 잘못 택했다. 우리는 마루 밑창이나 지하실에서 살아야 했다. 태어나기 전에 우리 시체를 실험용으로 팔고, 그렇게 번 돈으로 남은 유골을 위해 대리석 관이라도 장만했어야 했다.

아버지는 엄마를 바라본다. 피둥피둥 살찐 몸, 아버지는 그녀가 똥자루 같다고 생각한다. 자신이 남편이 아니라 친구나 직장 동료였다면 분명 그녀를 추하다고 여겼을 것이다. 엄마 눈에 아버지는 너무 물러터졌다. 땀이 번들거려 간혹 소맷자락으로 코 위를 훔치는 것조차 그녀는 참지 못한다. 그 모습을 볼 때면 시도 때도 없이 부끄러운 줄도 모르고 줄줄 흐르는 눈물이 떠오르기 때문이다. 엄마는 질질 짜는 남자와 살고 싶어하지 않는다. 앉은 채로 혀를 끌끌 차며 단어를 찾는 엄마. 세 배짜리 점수라도 나오면 어린아이처럼 좋아하겠지. 그들이 함께 산 날을 세 배로 하면 사십오 년이 될 것이다. 하지만 그렇게까지 오래토록 함께 살 순 없을 것이다. 난 말하고 싶다. 찻잔을 들이미는 엄마와 험상궂은 척하는 아버지가 부끄럽고 두렵기까지 하다고. 엄마의 시야에서 벗어나면 아버지는 엉뚱한 대답을 하고, 크게 팔을 휘두르며 말대꾸를 한다. 얼굴은 일그러지고 입을 한껏 벌렸다가 다무는데, 물론 소리는 내지 않는다. 소리는 목구멍 깊숙이 묻어버린다. 늘 그런 식이다. 그들은 나를 너무 힘들게 한다. 그렇게 시시한 사랑을 내가 간직해보려고 했다는 사실이 원망스럽다. 그들이 좀더 철 들었으면 하고 바라는 어리석은 내가 원망스럽다.

어느 날 밤 아버지가 엄마를 소파에 자빠뜨리는 걸 보았다. 엄마는 가랑이를 벌린 채 행여 무슨 단어라도 떠올릴 수 있을까 싶어 시선을 천장에 고정시키고 몸을 내맡기고 있다. 깔려 죽겠네 라는 한마디를 했을 뿐이다. 그러고 나서 엄마가 달려나가 몸을 씻는 소리가 들렸다. 그들은 게임을 포기해야 했다. 속임수를 쓸 수도 있었지만 아버지는 그러지 않았다. 엄마의 잔소리를 듣지 않도록 몸을 씻으러 가기까지 했다. 그렇게 앉지 마, 소파에 흐른단 말이야, 거시기가 말라붙는다고, 당신은 너무 지저분해, 더럽기 짝이 없어. 엄마가 이런 잔소리를 늘어놓으리란 걸 아버지는 알고 있다.

두 사람은 아버지의 저축으로 집세를 낸다. 엄마는 소파와 안락의자 하나 그리고 낮은 테이블 하나를 골랐다. 안락의자를 하나 더 사고 싶지만 어쩔 수 없지요. 가구 가게 점원 앞에서 엄마는 투덜거렸다. 두 개를 사고 싶었으면 회계사랑 결혼을 하지 말았어야지. 아버지는 부끄러워했다.

아버지는 점원이 엄마를 납치해서 배달 트럭 화물칸에 묶어놓았으면 하고 바랐을 것이다. 가구점에서는 거실에 놓을 여자 난쟁이라며 사은품으로 엄마를 거저 주겠노라고 제안했을 것이고, 사람들은 둘 데가 없다고 정중하게 거절했을 것이다. 차츰차츰 그녀는 닳아 없어질 것이고, 언젠가 트럭을 청소하는 이들은 엄마를 톱밥과 혼동하게 될 것이다. 그러면 아버지는 어느 누구의 간섭도 없이 자신의 취향에 따라 푸른색이나 녹색의 소파를, 아니면 어렵게 얻은 아들이 원하는 색깔의 소파를 샀을 것이다. 그리고 매혹적인 다리와 부드러운 머릿결을 가진 애인들이 앉기에 안성맞춤인 그 소파 위로 아무나 자빠뜨렸을 것이다. 그리고 그 보석 같은 여자 중 하나와 결혼했겠지. 어쩌면 신혼 첫날밤, 아래층 카페에서 몸에 퍼렇게 멍이 들고 입술이 터진 여자를 만나게 될 수도 있다. 누군가에게 맞고 강간을 당해 그 상처들로부터 회복되려면 평생 그를 의지하는 수밖에 없는 여자를.

가끔 나는 아버지를 위해 사랑이 되살아나길 꿈꾼다. 사랑에

빠진 아름다운 그의 천사가 제단으로 나아간다. 그녀는 동화 속 신부처럼 도도하다. 안개 속을 헤매는 시선, 하늘거리면서도 곧은 몸매. 이윽고 그의 입에서 내 아내라는 말이 나온다. 그런 다음 선택하지 않을 애인들을 바라본다. 아니, 나는 당신들을 원하지 않소, 나는 내 아내를 사랑하오, 그게 다요. 질투를 모르는 나의 어린 신부, 그녀와는 살아 있는 아이만 낳을 것이오. 내 입에서 악취가 난다고 부엌에서 짖어대지 않고, 모두가 보는 곳에서 열정적으로 내게 달려들어 이웃사람들에게 나를 얼마나 사랑하는지 보여주는 내 어린 신부. 지치지도 않고 소파 위에서 사랑을 나누다 소파가 젖어버려 손님들이 그 위에 앉았다가는 낭패를 보게 될 내 어린 신부.

내 나이에 그런 말을 해서는 안 된다. 나는 너무 빨리 자랐고, 어린 나이에는 느낄 수 없는 삶의 고통을 늘 떠안고 있다. 백 살은 족히 먹은 것 같다.

나는 다시 일어나, 다 잘되어가고 있는지, 혹시 스크래블을 하는 도중 누군가 죽지 않았는지 확인한다. 분위기가 안 좋아지거나 아예 중단될까봐 조마조마하다. 엄마가 늘어진 뱃살을 잘라내거나, 엄마가 물을 끓이는 동안 아버지가 목을 매거나, 그도 아니면 엄마가 착각을 해서 물이 아닌 아버지를 끓이지나 않을까 두렵다.

"졸고 있는 거야 뭐야? 자, 빨리 해…… 난 벌써 하나 만들었어……"

"꼭 할 말이 있는데……"

"뭔데?"

"아냐, 아무것도."

"게임이 안 풀리지? 그럼 이번에는 쉬라고. 자, 그럼 내 차례야. 상도 차리고 덧창도 닫으러 가야 해."

나는 잠자리에 든다. 아버지는 오늘 밤 엄마에게 아무 말도 하지 않을 것이다. 하지만 언젠가는 엄마를 흠씬 두들겨팰 것이고, 엄마는 갈비뼈가 함몰되어 죽을 것이다. 나는 자신이 없으면 시간도 맹하니 흘러가지 못하고, 무슨 일이든 자기 없이는 절대 이루어지지 못한다는 듯한 태도로 아침식사에 쓸 잔을 챙기고 있는 엄마를 보면서 그 머릿속이 궁금해졌다.

아버지는 엄마에게 열린 덧창은 내버려두라고, 벌써 밖이 캄캄해졌다는 걸 모르겠냐고 묻고 싶어한다. 하지만 아무 말도 하지 않고 입을 다문 채, W로 시작되는 두 음절의 단어, 게임을 이기고 판을 끝낼 수 있는 단어를 찾는다. 아버지는 결코 엄마를 떠나지 못할 것이다. 딸을 지켜주려는 듯 찬장 위 두 장의 신성한 사진 속에서 엄마를 지켜보는 외할머니와 외할아버지 때문이다. 우리를 지켜주는 분들이야, 매일 밤 엄마는 버릇처럼 중얼거린다. 그런 다음 전원 스위치의 먼지 한 톨까지 닦아낸 다음, 안녕히 주무세요 아빠, 안녕히 주무세요 엄마, 인사를 하고 불을 끈다. 아버지는 그런 엄마를 바라본다. 그러고는 아내의 치아가 옛날처럼 삐죽삐죽했으면, 찬장 옆 구석에서 치마를 들춰올리려 할 때 엄마가 거부하지 않았으면 바란다. 아버지가 경멸을 금치 못하는 순간은 밤마다 엄마가 초상화에 인사를 할 때이다. 아버지는 그들의 눈을 파내고, 그 자리에서 시계 뻐꾸기가 튀어나오는 걸 보고 싶어할 것이다.

엄마 곁에서 나이를 먹어가다가는 아버지는 몽유병자가 되고 말 것이다. 눈을 뜬 채 어둠 속을 배회하다 미쳐버릴 것이다. 아버지는 잠든 엄마를 창밖으로 떠밀어버릴 테고, 싸늘한 공기에 잠이 깬 엄마는 미처 보도에 닿기도 전에 심장발작으로 죽을 것이다. 그래도 마지막 숨을 거두기 전에 재주껏 웃음을 감추고 다소곳한 표정을 짓겠지. 엄마의 몸은 거지들을 자극할 거다. 그들은 아스팔트 위에 널린 엄마의 시신을 윤간하고 그 둘레에 포도주를 붓고는 불을 지를 것이다. 그러고는 입을 다물어버리겠지. 아버지는 다시 잠을 자러 갈 것이고.

그들의 밤은 길다. 그가 날 떠나면 어떡하지. 엄마는 악몽에 시달린다. 그가 날 떠나면 그의 인생은 망가지는 거야. 그렇게 되지 않으면 내가 직접 썩어 문드러지게 만들 거야. 잠에서 깬 엄마는 아버지에게 몸을 기댄 채 운다. 아버지는 됐어, 됐어, 다 잘될 거야, 내가 여기 있잖아, 하고 달랜다. 기다림에 애가 타고, 행여 아버지가 떠날까 신경이 곤두선 엄마는 잠을 이루지 못하고 일어난다. 그리고 저녁 먹은 걸 누가 토해놓기라도 한 듯 광나도록 개수대를 닦는다. 기진맥진해진 엄마는 개수대가 처음 부엌가구를 설치했을 때처럼 반짝반짝 빛났으면 좋겠다고 생각한다. 그건 엄마가 아쉬워하는 것 중 하나다. 하지만 개수대에 그렇게 공을 들였다고 해서 뭐가 잘못됐다는 건 아니다.

그쯤 되면 아버지도 다시 잠을 이루지 못할 것이고, 그렇게 그의 밤은 끝난다. 퇴근해서 들어온 그에게 복통을 안겨주는 그 사탄 같은 여자가 두렵다. 처음에 그는 자신을 낚아 또다른 세상을 보여주려는 낚싯줄 때문에 천천히 걷는다. 그러다 어느 순간 걸음이 빨라진다. 늦기라도 하면 아내가 새까맣게 탄 파이를 내놓거나 밥상머리 앞에서 한숨을 내쉬어 저녁식사를 망치는 식으로 어떻게든 항의할 거라는 생각에서다. 언젠가 한번은 그렇게 서두르다가 집 앞 길에서 벌써 날이 어둑해진 걸 깨달은 적도 있다. 아버지는 사람들과 마주친다. 자신처럼 물러터지고 매사에 유연하게 대처하지 못하지만 훨씬 더 평온한 표정의 사람들. 그들은 오늘 밤 따뜻한 환영을 받으며 애교와 사랑도 듬뿍 받을 것이다. 하지만 아버지를 기다리는 건 한숨과, 아내의 표현으로는 바삭바삭거리는, 아내가 치우지 않는 한 **바삭바삭거릴** 발밑의 빵 부스러기들이리라.

평화, 아버지는 평화를 원한다. 엄마는 아버지가 늦을 때마다 발작을 일으킨다. 내 방에 있으면, 엄마가 쉰 목소리로 악착스럽게 혼자 화내는 소리가 들린다. 엄마는 남편들의 대화에서 종종 등장하는, 주로 여자들에게서 나타나는 분비선에 대해서 줄창

떠들어댄다. 처음에는 무슨 글을 큰 소리로 읽는 건 줄 알았는데, 자세히 듣고 나서야 이해할 수 있었다.

그러지 마. 난 당신이 떠나길 원하지 않아. 당신은 너무 뚱뚱하고 물러서 떠날 수 없을걸, 내가 당신을 물렁하게, 고무처럼 물렁물렁하게 만들었지. 설령 떠나더라도 다시 돌아와, 그게 규칙이야. 당신은 천천히 멀어질거야, 그러고는 잽싸게 좀더 멀리 가겠지. 그리고 그 고무줄이 충분히 팽팽히 당겨지면 돌아올 거야, 그게 언제든지 간에, 결코 다르게 행동할 수가 없을 테니까, 당신은 나랑 결혼했기 때문이야. 당신이 떠나더라도 진짜 떠나고 싶어서 그러는 건 아니지, 주제를 모르는 인간 같으니……

나는 엄마를 안아주면서 그런 것들이 정말 얼마나 사소한지, 내가 엄마에게 품고 있는 애정에 비추어보면 너무 사소하다고, 아버지처럼 엄마도 아들의 애정만으로 만족하면 좋겠다고, 제발 아버지와의 문제는 끝내라고 말해주고 싶다. 엄마는 내가 밤에 우는 소리를 듣지 못한다. 아버지는 여전히 늦게 들어오고 엄마는 끊임없이 다그친다. 나는 잘 알고 있다. 아버지가 어떤 허튼 짓도 하지 않는다는 걸. 아버지가 일 분이라도 집에 들어오지 않는다면 그건 그만큼 싸움을 줄이려고 방황하는 것이다. 시장은 문을 닫았는데 아버지는 거리를 헤매고 다니며 다른 집 창문 너머에선 무슨 일이 벌어지는지 상상한다. 창이 캄캄하거나 너무 환히 밝혀져 있는 집은 싫다. 활짝 젖혀진 커튼 뒤로 커다란 웃음소리가 들려오는 집도 싫다. 아버지는 말다툼하는 소리를 듣는 걸 좋아하지만, 역시 그건 거북한 일이다. 아버지가 다른 집들 앞에서 서성거리는 동안, 집에 있는 엄마는 화를 내고 있다.

대체 무슨 짓이야? 날 속이는 거야, 그런 거야? 당신은 날 떠날 거야, 그렇고말고, 당신은 더 젊은 여자, 나보다 더 싹싹한 여자, 당신 품 안에서 그 짓을 잘할 줄 아는 여자 때문에 날 떠날 거야. 당신은 그 여자의 아버지나 삼촌을 어렴풋이 닮았겠지, 그래봤자 쓰는 향수나 피우는 담배 상표, 하늘을 쳐다보는 습관 따위가 비슷하겠지만. 아니, 반대로 당신은 전혀 다를지도 몰라, 그래서 그 여자가 당신을 받아들이는 걸 거야, 그 여자는 자신을 강간하고 친구들에게 넘겨버린 아버지와 오빠들을 증오하는 거야. 하지만 그 여자가 아픈 기억에서 회복되면 당신은 빼빼 마르고, 지치고, 완전히 폐인이 되어 돌아오겠지, 당신은 자다가 그 여자의 이름을 부르고, 그 여자의 뒤를 밟고, 비굴한 사내새끼처럼 그 여자의 집 아래에서 염탐을 할 거야, 그리고 결국 내게 그 여자를 다시 붙잡을 수 있도록 도와달라고 말하겠지. 난 도와줄 거야, 암 그렇고말고. 냉정하지만 주도면밀하게 도울 거야. 당신이 다시 한번 버림받는 꼴을 보는 즐거움을 놓치진 말아야 하잖아. 그 여자는 자신에 비해 너무 늙고, 자신과는 조금도 어울리지 않는 당신을 다시 떠날 테니까. 처음에는 더할 나위 없이 잘해주겠지. 레스토랑에도 데려가고 쇼핑도 시켜주고, 그 여자 마음에 드는 게 무엇인지 알아내려고 애도 쓸 거야. 저녁이 되면 잠시 그 여자의 발걸음을 멈추게 만들었던 근사한 드레스를 그 여자의 침대, 당신들의 침대 위에 선물로 두기도 하겠지. 당신은 그 여자에게 꽃을 선물하고, 설거지를 도와주고, 심지어 그 여자가 쉴 수 있도록 한두 가지 요리를 하기도 하겠지. 애들이나 쓰는 말을 쓰고, 다시 담배를 피우기 시작하고, 일요일이면 커다란 침대에서 뒹굴며 사랑한다는 말이나 하면서 시간을 보내겠지. 그녀가 친구를 부르면 같이 저녁식사나 하자고 하고. 그녀들이 마치 사춘기 애들처럼 히죽거리는 동안 당신은 성도착자 같은 모습으로 레스토랑 한구석을 차지하고 있겠지. 그 레스토랑에서 받은 모멸감을 되돌려주기 위해 갑자기 두 여자를 다 가지고 싶은 건 아닐까 생각도 할 것이고. 그러다가 훌륭한 가장으로 돌아와 당신은 그 여자친구를 데려다주겠지. 하지만 그녀가 현관 문을 밀고 들어가며 손으로는 작별인사를 혀끝에는 고맙다는 말을 달 때, 당신은 그녀의 작은 엉덩이를 힐금 보지 않고는 못 배길

거야.

차 안에서, 우리의 차 안에서, 당신은 그녀의 무릎을 더듬고, 그녀는 카오디오 볼륨을 높이고, 당신은 그녀와 함께 노래를 하겠지. 차 유리를 내리고 그 위에 팔꿈치를 얹고 다른 손은 그녀의 반바지 속에 들어가 있고 말이야. 그러다 당신들은 사고를 당할 거야.

만일 당신네들이 살아남더라도, 충돌사고가 나기 전 당신이 손을 빼서 핸들을 잡는다고 해도, 무슨 일이 생겨서든 당신들은 죽고 말 거야. 친구를 바라보는 당신의 시선을 그녀가 문득 보았을 수도 있고, 아니면 그 저녁식사 때 당신이 너무 늙었다는 걸 문득 그녀가 깨달았을 수도 있고, 혹은 당신의 탄력 없는 피부에 손대기가 싫어질 수도 있어. 당신이 아무리 배에 힘을 주고 잽싸게 옷을 벗는다 해도 소용없어, 그녀는 당신 몸뚱이를 샅샅이 살필 것이고, 접힌 살과 주름, 희끄무레한 털, 검버섯, 어느 것 하나도 그 눈길을 벗어나진 못할 거야.

당신은 그녀에게, 내가 늙었고 당신이 떠나면 내가 자살할지도 모르니 완전히 떠날 수는 없다고 말할 거야. 그러면서도 그녀 외에는 어느 누구도 중요하지 않다고 맹세하겠지.

당신의 어린 애인은 당신에게 사랑을 구걸하거나 으름장을 놓는 편지들을 쓸 거고, 그러다 언젠가는 이미 겪었을지도 모르는 새로운 감정에 젖어 편지를 쓰게 될 거야. 바로 경멸이라는 감정. 그날 그녀는 우리에 관해 말할 것이고, 당신이 어떻게 이지경이 되었는지 그리고 당신이 나와 평생을 함께하는 걸 도저히 이해할 수 없다고 쓰겠지. 그녀는 당신에게 **가없은 사람, 그냥 당신의 착한 아내 곁에 있어요, 당신이 옳아요**라고 쓰겠지. 그녀 말이 옳아, 내 곁에 있어. 우리가 늙으면, 우리가 직접 찾던지 아니면 그녀가 착한 딸처럼 우릴 위해 찾아줄 수도 있겠지만, 평안하게 죽을 수 있도록 양로원을 찾자고. 자기들끼리 늙어가자고 약속한 선한 사람들을 위한 양로원. 식사 시간이면 난 왜 그것이 우리에게 완벽한지 설명해줄 거야. 당신은 고개를 끄덕이겠지, 그때쯤이면 아마 당신은 도망치고 싶다는 욕망을 버렸을 테고, 지금 내가 되뇌고 또 삼십 년 후에도 되뇔 것처럼, 당신도 그런 장소가 있다는 것이 행운이라고, 정말 대단한 행운이라고 되뇌게 될 거야. 엘리베이터 안에는 보조의자가 있고, 복도를 따라 난간이 있으니 더는 바랄 나위가 없지. 그리고 꽃들, 주체할 수 없이 많은 꽃과 나무와 형형색색의 꽃들이 심긴 정원, 여름이면 그곳에서 식사를 할 수도 있을걸. 하지만 파라솔 아래에서 해야지. 흑색종 치료나 받으며 노후를 보내지는 말아야 될 것 아냐. 그때까지 건강하도록 서로 걷어차주면서 말이야.

　당신은 나보고 공원이나 한 바퀴 돌자고 팔을 내밀겠지, 나는 불평을 늘어놓지 않을 거야, 다만 이따금 눈을 들어 창문을 바라보며 말하겠지. 전에도 얘기했지만, 좀더 높은 층을 택해야 했어, 이시간에 아직도 해가 얼마나 쨍쨍 내리쬐는지 저 위를 보라고. 그러면 당신은 내 팔을 지그시 누르며, 이봐, 여보, 어쩔 수 없었다는건 당신도 알잖아, 이런 장소를 구한 것만으로도 대단한 행운이라니까 하고 대답하는 거야.

우리 아들이 면회를 오겠지, 아이들도 낳아서 수요일이면 애들하고 같이 올 거야. 그러면 양로원에 있는 식당으로 걔들을 초대하자고, 우리는 찾아오는 애들도 있으니 얼마나 자랑스럽겠어. 홀로 남은 늙은이들 사이에서 우리는 정말 화목한 가족처럼보일 거야. 다른 사람들도 우리 손주들 이름을 알게 되고, 유년시절이라는 게 얼마나 부드럽고 맨질맨질한지 기억을 되살려보려고 아이들 머리나 빰을 쓰다듬을 거라고. 만일 우리 손주들이너무 소란을 피우거나, 침 흘리는 노인을 놀리는 날이 오더라도, 그 양반들 진정시키는 건 나한테 맡겨. 당신은 그저 아이들에게침 흘리는 게 왜 심각한 일이 아닌지, 그게 얼마나 아무 일도 아닌지만 설명하면 돼. 그러면 사람들은 우리에게 디저트를 가져다주면서 맛있게 식사를 마무리하라고 하겠지.

엄마는 와장창 접시 깨는 소리로 십팔번인 넋두리를 마친다,

타이밍도 기가 막히게 잘 잡았다. 아버지가 문을 열고 들어와 엄마 이마에 입맞춤을 한다. **여보 안녕. 안녕.** 엄마가 하는 소리를 아버지가 듣지 못한 것이 유감이다. 엄마에게는 독을 빼며 절정에 이르는, 창자 한구석에서 끌어낸 발작적인 재능이 있다. 엄마는 즐길 수 있는 최선의 방법을 찾아낸 게 분명하다. 아버지는 어쩌다 그런 일이 벌어졌는지 일절 묻지 않고 엄마와 함께 접시 조각들을 줍는다. 왜 접시가 깨졌는지 궁금해하며 묻는 부류는 아닌 것이다.

나는 내가 백 살은 족히 먹은, 사람들 머릿속에서 무슨 일이 일어나는지 전부 알고 있는 사람 같다. 사람들이 설명해주지 않았는데도 나는 탄생과 죽음을 배웠다. 언제 남자가 여자를 유혹하는지, 언제 장사꾼이 바가지를 씌우고, 언제 사람이 울음을 터뜨리는지 알고 있다. 그래서 나는 서랍장에 세 번 손을 댄다. 안 그러면 엄마가 자살할 테니까. 그리고 침대 밑은 네 번 확인한다, 안 그러면 아버지가 돌아오지 않을 테니까. 지구는 내 손 안에 있다. 그것을 돌릴 내가 없다면 오래전에 지구는 멈추었을 것이다. 조숙한 아이, 똑똑한 아이, 세심한 아이, 월계관 같은, 칭찬 같은 그런 말을 내가 어떻게 듣지 않을 수 있겠는가. 내가 봐도 나는 비정상이다. 내 삶이 위협받아 행여나 적이 나를 덮치지

나 않을지 확인하려는 듯 타인들의 삶 속에 스며 있다. 나는 즐기는 게 무엇인지, 내 방에서 노는 게 무엇인지, 구슬 맞바꾸기 놀이가 무엇인지 모른다. 내가 가진 구슬은 내 것이고, 다른 사람이 내 걸 가져가는 건 싫다.

오늘은 내 생일이다. 그게 무슨 사건이라도 되는 양 이 날을 축하해온 지도 십삼 년이 되었다. 그래서 우리는 기쁨이 오래 가도록 최선을 다한다. 나는 부스러기가 생기지 않게 하려고 일부러 아이스크림을 달라고 했다. 엄마는 수프와 송아지고기 구이를 메뉴로 정했다. 아버지는 벌써 식사를 끝낸 얼굴이다. 아버지는 자기 몫의 송아지고기를 잘게 썰더니 입에 맞지 않는 두 점을 뱉어냈다. 엄마를 보니 여느 때처럼 자제하려고 애를 쓰고는 있지만 곧 폭발할 기세다. 젖어가는 엄마 눈을 보면 뻔하다. 엄마는 말하겠지. 돼지 목에 진주 목걸이 다는 꼴이지. 그래, 딱 그 꼴이야. 당신 생각해서 기름기 없는 부위로 줬더니…… 힘줄이 나오면 삼켜, 혹시 알아, 그걸 먹으면 당신에게 힘줄이 좀 생길지. 힘줄 말이야.

오늘이 내 생일이란 것이 괴로웠다. 그 때문에 식구들이 짐짓 기뻐하면서 어쩔 수 없이 식사 시간이 길어지는 것도.

엄마가 아이스크림을 가지고 오는데, 촛불 때문에 아이스크림이 녹는다.

엄마는 코를 훌쩍이며 말한다.

"너무 일찍 내놨구나. 나 일하는 꼴 좀 봐. 얘야, 빨리 불렴."

나는 촛불을 불어서 끈다. 하지만 아빠가 카메라 앵글을 늦게 잡는 바람에 엄마가 다시 촛불을 켠다. 벌써 세번째다. 이번이 마지막이야, 이번에는 셋이 함께 사진을 찍기 위해 아빠가 자동 셔터로 맞춘다. 가장 어린 나는 디저트 뒤에, 눈가가 촉촉이 젖은 두 사람은 선한 표정을 지으며 내 양옆에 자리를 잡는다. 우리집에서 눈에 물기가 배는 것은 도저히 어떻게 해볼 도리가 없는 일이다. 나도 이미 그런 고통을 알기 시작했다. 내가 건네받은 꾸러미를 풀자, 작년부터 학교 친구들이 저마다 차고 다니던 크로노미터 손목시계*가 나왔다. 꿈에 나올 만큼 갖고 싶었던 시계였다. 하지만 화목한 집안의 아이들만 가질 수 있는 것이라고 생

---

  * 항해자, 물리학자, 천문학자들이 사용하는 정밀시계.

각해서, 나는 그런 게 있노라고 감히 입도 벙긋하지 못하고 있었던 것이다. 목에 돌멩이가 걸린 듯 무척이나 마음이 불편했다. 무슨 일이든 앞서 예감하고 지내온 지 벌써 십삼 년째다. 시간. 어찌할 도리 없이 고통스러운 시간, 결코 행복에 도달할 수 없는 이들이 갖는 심경. 이유도 알 수 없고 일부러 그러는 것도 아니지만, 나는 내가 정말 원했던 선물을 누군가로부터 받는 것이 고통스럽다. 차라리 피 터지게 두들겨 맞은 후, 열네 살이 되는 생일 다음날까지 이중으로 잠긴 방에 갇혀 있는 편이 더 나았다. 아버지는 미소를 띠더니 갑자기 휑하니 나가버렸다.

"애야, 가서 친구들과 만나렴. 토요일이잖니…… 날씨도 좋고."

엄마가 말한다.

"아뇨, 엄마…… 엄마랑 있고 싶어."

"그럼 스크래블이나 할까?"

엄마는 그렇게 말한다. 당신이 보석이나 메달 혹은 장신구라고 할 만한 것이 없어 자식들에게 골동품이 된 스크래블 판이나 물려주게 되리라는 건 꿈에도 모를 것이다. 하긴 엄마에게는 사적인 물건들이 거의 없다. 그래도 아버지는 선물한다고 하는 편이다. 언제나 엄마의 눈물로 끝나서 문제지. 그러면 아버지는 멈칫거리며 생일날 선물을 앞에 두고 우는 아내의 모습을 보느니 그냥 생일을 잊어버리고 지나가는 편이 더 낫지 않을까 생각한다. 나는 엄마를 위한 가장 좋은 선물은 멋진 관이라고 생각한다. 언젠가 당신의 장례비를 치를 사람이 내가 아니라는 걸 알면 엄마는 한결 마음이 놓일 것이다. 그렇지만 그런 얘길 아버지에게 할 수는 없다. 엄마를 울린 것이 무안할 때면 아버지는, 다른 걸로 바꿔도 돼, 알잖아, 만일 당신이 나를 사랑하지 않는다면 말이야, 하고 말했다.

그렇지만 엄마가 울음을 터뜨린 진짜 이유는 선물의 색깔이나 모양이 아니라 과분한 선물일 것 같은 생각이 들게 하는 그 무게 때문일 것이다. 당신 완전히 미쳤어, 내겐 과분한 선물이야, 라고 말한 걸 보면.

아버지는 외출하는 일이 드물다. 일단 집에 들어오면, 그냥 죽친다. 그렇지만 때때로 숨이 막힐 것 같으면 밖으로 나가기도 한다. 그럴 때면 엄마는 아버지가 흥을 깨는 데 선수라고 말한다. 잔치 분위기라는 걸 견디질 못하는 양반이야, 그렇지만 그걸 가지고 원망해서는 안 된단다. 엄마는 어깨를 으쓱하며 내게 말한다. 단두대의 칼날이 철컹 하고 떨어진다. 그 순간 엄마를 안고 싶은 욕망과 쓰러뜨리고 싶은 욕망, 포옹하려는 욕망과 난간 위에서 춤추게 하고 싶은 이중의 욕망이 꿈틀거린다. 엄마가 늙으면 어떻게 될까? 그런 엄마를 바라보며 나는 어떤 연민의 정을 느끼게 될까?

나는 말라붙은 입술 사이로 숨을 내쉬며 낮잠을 즐기는 엄마의 모습을 견딜 수 없을 것이다. 엄마가 음식 부스러기를 떨어뜨리지 않도록 우유, 버터, 식용유와 달걀을 듬뿍 넣은 퓌레*를 만들어줘야지. 나는 집을 나가버린 아버지 때문에 야위어갈 엄마의 모습을 상상한다.

엄마는 내게 세상이 어떻게 돌아가고 있는지 물을 것이다. 일본에서 일어나고 있는 전쟁, 배급표, 독일인들에 관한 늘상 같은 소식들. 내가 일을 마치고 돌아오면 엄마는 고맙구나 우리 장남, 걱정하지 마라, 암시장에서 뭘 구할 수 있는지 내가 가서 알아보마 하고 말할 것이다. 때때로 착각을 해서 우리 딸 하고 부를 때도 있을 것이다. 나가면서 마지막으로 돌아보면, 엄마는 마비된 손가락들을 흔들며 서 있겠지. 속치마가 치마 밖으로 비죽 나온 채로.

엄마는 분명 당신의 죽음에 대비해 날 제대로 준비시키리라.

---

* 야채나 고기를 갈아서 채로 걸러 걸쭉하게 만든 음식.

나는 서서히 숨을 거두어가는 엄마를 지켜봐야 할 것이다. 아무런 문제없이 건강하다가 대뜸 무슨 일이 생겨서 단번에 날 궁지에 몰아넣는 일은 없을 것이다. 하지만 엄마를 잃는 고통은 의자를 휠체어처럼 사용하는 엄마를 보는 고통에 비하면 아무것도 아닐 것 같다. 엄마는 크리스마스나 내 생일 등을 잊지 않기 위해 사방에 표시를 해놓겠지. 심지어 엄마가 무릎을 따뜻하게 하려고 미지근해지기만 해도 바로 다리를 얹어놓는 라디에이터 위의 텔레비전 잡지 표지 위에도.

점심을 먹으러 집에 온다. 학교 식당은 나 같은 아이들에겐 맞지 않다. 말다툼이 끊이지 않는 시끄러운 분위기는 딱 질색이다. 교장 선생님은 부모님에게 말썽을 피하고 싶으면 정오에 와서 날 데려가라고 했다. 우리 반 아이들은 로드리그 패거리의 대장에게 '자폐증 환자'라는 단어를 배워서 하루에도 열 번씩 내 흉내를 내면서 욕설을 퍼붓는다. 아이들은 벽에 머리를 찧는 척하면서 동물 신음 소리를 내고는 목청껏 웃음을 터뜨린다. 마음이 완전히 상해 나는 속으로 눈물을 흘린다. 그런 비웃음에 대해서라면 이젠 완벽하게 초탈한 척할 수 있다. 로드리그의 으름장에도 불구하고 '자폐증 환자'와 친해지려 했던 반항아들이 몇 명있긴 했다. 그런데 그나마도 로드리그 패거리들이 앞장서서 막자 움찔 물러나더니 이내 내게 적대적으로 돌변했다.

엄마의 말대로 그애들은 자신들이 무슨 짓을 하는지 알지 못한다. 설령 네가 자폐증 환자라 해도 그걸 갖고 걔들이 무슨 할 말이 그리 많은지 모르겠구나.

엄마는 언젠가 로드리그도 따뜻한 마음씨를 갖게 되겠지, 하고 바랐고 그게 다였다. 로드리그라도 우리 부모님 같은 부모 밑에서라면 자란다는 것이 얼마나 지난한 일인지 이해할 텐데. 어쩌면 내 입장이 되어 생각할 수도 있을 것이다. 그렇지만 어쨌건 놀림을 받는다고 해서 병이 드는 것도 아니고, 학교로 되돌아가야 한다는 게 끔찍하지도 않다. 나는 세상이란 다정한 곳이 아니며, 어려서부터 세상을 배우는 것이 커가는 데 도움이 된다는 걸 알고 있다. 어쩌면 나는 고통스러운 학교생활을 이용해 매사 교묘하게 빠져나가는 신중한 소년일지도 모른다. 나에겐 대통령이나 군사령관 기질이 있다. 어쩌면 내겐 마법의 능력이 있을지도 모른다. 생각 많고 뚱뚱하기까지 한 얼간이 같은 나, 초등학교와 중학교 운동장에서 인생의 미래를 창조하는 나에게. 어른이 되면 난 내 마음대로 살 것이다. 나는 사탕과 캐러멜로 만든 집에서 살 거다. 집의 벽들은 핥으면, 저절로 다시 돋아날 것이다. 내 발은 설탕으로 만든 포석을 밟아 아주 부드럽고 매끈해질 것이다. 불을 때는 사람이 사내애가 될지 계집애가 될지 모르지만 그

성별에 따라 굴뚝에서는 푸른색이나 장밋빛 연기가 피어오를 것이다.

또 밤마다 불량배들은 들어올 수 없는 텅 빈 운동장에 축구를 하러 나갈 권리도, 때때로 사람들에게 참 별난 재주가 있군요 말할 권리도 갖게 될 것이다. 친구가 너무 많다 싶으면 일부러 적을 만들고, 위협을 느끼면 친구들을 만드는 묘한 즐거움도 누릴 것이다. 나는 흑인이나 백인, 장님, 귀머거리나 괴짜들을 친구로 고를 것이다. 그리고 그들을 진짜 사람들처럼 똑똑하거나 정상으로 대할 것이다. 나는 평생 그들을 보살펴주고 그들도 나를 보살펴줄 것이다. 간혹 비열한 행동 때문에 싸움에서 지는 경우도 있겠지만, 그래도 날 묻어주러 오는 친구들은 언제나 남아 있을 것이다.

남이 날 사랑하면 나는 그를 사랑하지 않을 것이고, 날 사랑하지 않으면 화가 나서 보란 듯이 벌거벗은 채 땅바닥 위를 뒹굴 것이다. 나는 항상 허공에 대고 말하고 이룰 수 없는 희망들로 내 미래를 채운다. 학업을 마치면 연구원이나 그 비슷한 직업을 가질 것이다. 그렇게 해서 내 몸에서 가장 비대한 부분은 바로 내 뇌라는 걸 보여줄 것이다. 내 머릿속은 뒤죽박죽이고 무릎 주위까지 온통 엉망이다. 나를 비곗덩어리 취급하던 놈들은 언젠

가는 내가 그들의 비참함을 치유해준다는 것에 무척 기뻐할 것
이다. 나는 많고 많은 의사 중에서도 명망 높은 명의가 될 것이
다. 그러면 사람들은 나를 무능력 각하라고 부르지 못하고 카리
스마 전하라고 부를 것이다. 나는 세계의 주인이 될 것이다. 그
게 아니라면 암살자가 되겠지.

아주 어려서부터 나는 거짓말쟁이들을 존경했다. 지독한 거짓말을 일삼는 이들에게는 특별한 애착까지 느꼈다. 자식의 목을 걸고 무슨 맹세든 하는 이들. 치명적인 거짓말을 늘어놓은 이들에게도 각별한 애정을 가졌다. 이를테면 사랑하는 여자에게, 거울 속의 당신을 봐, 내 말을 믿지 않을 때 당신이 얼마나 괴물 같이 변하는지, 같은 말을 아무렇지도 않게 내뱉는 부류. 자신만의 끔찍하고 작은 세계에 갇혀 고함을 지르고 두들겨 패고 화를 내는, 고집불통의 거짓말쟁이들에게도 약간의 애정을 느낀다. 심하게는 여자들을 때리고 그들이 거짓을 꾸며대고 있다고 난리법석을 침으로써 교묘히 빠져나가는 거짓말쟁이들도 있다. 나는 당신을 암캐가 아닌 애완동물로 만들기 위해, 당신에게야 그런 힘도 없겠지만, 그들의 하마로, 해마로, 시상하부로 만들기 위해 당신에게 약물을 투여하는 거짓말쟁이들을 특히 좋아한다.[*]

오늘 저녁, 나는 여느 때와 다름없이 혼자 하교를 했고, 평소와는 다른 길을 택했다. 아버지 사무실 앞을 지나가고 싶었다. 빛이 반사되지도 않는 질 나쁜 유리창들이 도로와 아버지의 사무실 사이를 갈라놓고 있었다. 그때는 뭔가 고통스러운 재미를 위해 아버지를 깜짝 놀라게 해줄 생각이었다. 그러면 내가 억지로 왔듯이, 내가 사무실에 들른 것에 억지로 행복해야 하듯이 아버지도 억지 미소를 지을 것이었다. 그럴 때면 어쨌든 일이 굴러가게끔 하려고, 꺼져가는 잿더미의 불을 다시 살려보려고 한 가닥 희망으로 그러모은 힘이 내 가슴을 콕콕 찔러댔고, 고통스러운 가슴은 작은 바늘들이 꽂힌 양 따끔거렸다. 아버지의 자리에서 한 젊은 여자가 서류를 훑어보고 있었다. 잠시 기다려보았지만 아버지의 모습이 보이지 않아 나는 안으로 들어갔다.

안내 데스크의 아주머니가 곧바로 나를 알아보았다.

"귀여운 꼬마가 여길 다 찾아왔네!"

"아버지를 보러 왔어요."

그러자 그녀는 놀란 기색이었다.

---

[*] 하마(hippopotame), 해마(hippocampe), 시상하부(hipotalamus)의 철자와 발음이 비슷한 것에 착안해 언어유희를 한 것.

"네 아빠는 이제 이곳에서 일하지 않으신단다, 너도 잘 알 텐데……"

나는 그 자리를 떠났다. 뒤에서, 그렇게 도망치면 어떡하니, 아줌마한테 뽀뽀하고 가야지, 라는 소리가 들렸다. 사방으로 아버지를 찾았으나 찾을 수 없었다. 난 이미 문을 닫은 시장을 통해 집으로 돌아왔다.

엄마는 날 한참이나 기다린 기색이었다.

"너까지 그러지는 않겠지! 어디 갔었니? 걱정이 되서 죽을 뻔했다."

"놀았어요."

"놀았다구?"

"예. 로드리그하고요."

엄마는 환한 미소를 지었고 로드리그가 날 끼워주지 않았던 것이 내 잘못이기라도 한 양 내 뺨을 쓰다듬으며 날 칭찬해주었다. 엄마는 내가 정상아가 된 것이 무척이나 기쁜 모양이었다.

아버지가 돌아왔다. 나는 식사가 끝나자마자 아버지에게 말을 걸었다.

"회사에선 잘 지냈어요?"

"그래."

"결국은 지겹지 않으세요?"

"결국은?"

"예. 아빠는 일을 너무 많이 하니까……"

"아니다. 괜찮다. 모든 사람이 일을 하니까. 당연한 거야. 너
도 언젠가는 직장에 나가게 될 게다."

"그래요. 가겠죠. 나도 갈 거예요."

아버지는 내가 알고 있다는 걸 깨닫고 말했다.

"머저리. 멍청한 새끼. 이런 머저리 같은 자식 같으니! 입만
열어봐."

방금, 나는 아버지를 잃었다.

어쨌건 엄마는 아무것도 모르는 것 같다. 늘 하던 대로 설거지
거리와 때를 벗겨낼 타일에 코를 박고 있다. 아버지 일에는 전혀
신경도 쓰지 않는 것처럼 보였다. 최근에 아버지가 시골에 있는
수영장과 미니 골프장이 딸린 호텔에 가서 주말을 보내며 바람
이나 쐬자고 했을 땐 미소를 지어 보이기까지 했다. 엄마는 아버
지의 일과에 대해 물어보는 일이 없다. 회계에 대해 아는 게 없
어서이기도 했고, 돈을 더 잘 벌어오지 못한다고 원망할 만큼 했

기 때문이기도 했다. 괜히 회사 자랑 늘어놓는 거나 듣다가 긁어 부스럼이나 만들지 않을까 싶어서이기도 했다. 남편이 직장에 다니고 있고, 그거면 된 거다. 그래도 어쩌다 일말의 불안감이 들 때면, 월급도 변변치 않고 애새끼도 아직 다 자라지 않았는데 회사에서 쫓겨나지만 않았으면, 하고 바라면서 안심하고는 집 안을 반질반질하게 광을 냈다. 이따금 벽장 냄새를 제거하기 위해 라벤더 다발을 만들기도 했다. 엄마 말로는, 운이 나빠 실직을 하게 된다면 손으로 만든 물건들을 직접 팔러 나서야 한다고 했다. 이런 말도 덧붙였다. 다 하늘의 뜻이지. 원래 그런 거야. 어쩔 수 없는 일이라고.

나는 무척 빠르게 성장했다. 하지만 그것도 다 내게 붙여진 머저리라는 타이틀 때문이다. 나는 시내 남쪽 광장에서 드레스를 입은 젊은 여자와 함께 유모차를 밀고 가는 아버지를 발견한다.

수업을 빼먹고 아버지 뒤를 밟다가 그 광장을 찾아냈다. 아버지의 입을 바라보다가, 그 입이 다가가 멈춘 젊은 여자의 입을 보고 아버지의 애인을 찾아냈다. 그리고 여자의 손끝에서 유모차를 보게 되었다. 나는 몸을 숨겼다. 정오에 그들은 광장 부근의 한 건물로 들어갔다. 나는 문이 닫히기를 기다렸다가 다시 문을 열고 올라가 층계참으로 통하는 방문에 일일이 귀를 갖다댔다. 아버지는 사층에서 젖먹이와 함께 즐겁게 재잘거리고 있었다. 여자가 젖먹이에게 말하는 소리가 들려왔다.

"그럼, 그럼, 아가야. 아빠란다. 그래, 아빠야."

그렇게 해서 나는 내 아버지가 그 젖먹이의 아버지이기도 하다는 걸 알게 되었다. 점심을 먹으러 집으로 달려왔다. 다행히도 학교에서는 내가 결석했다는 걸 알려 엄마를 걱정시키는 짓은 하지 않았다. 나는 오후에 학교에 가서, 생활지도교사에게 엄마가 깨워주지 않는 바람에 늦었다고 했다. 그는 나를 보고 빙그레 웃었다.

나는 토요일까지 기다렸다가 미행을 재개했다. 그 여자의 이가 톱니 모양인지 아닌지는 확인할 수 없었다. 내가 알 수 있는 것은 아버지의 미소와 그 대책 없는 멍청함에 그녀가 사로잡혔을 거라는 점이었다. 실제로 그녀는 아버지가 그녀의 엉덩이에 손을 얹을 때마다 키득거렸고, 그녀가 상인에게 말을 건네고 있는 동안 아버지의 손은 어김없이 그녀의 엉덩이로 올라갔다.

나는 행복해하는 그 바보들을 내버려두었다. 미래의 거창한 계획들이여 안녕! 장래의 약속들이여 안녕! 아버지에겐 다른 가족이 있었다. 내가 엄마를 돌봐야 했다. 나는 나 자신에게 엄마의 법적 후견인이 될 자격을 부여하며 집으로 돌아왔다.

아버지가 모습을 나타냈을 때, 나는 꼼꼼히 살펴보았지만 모든 게 정상이었다. 이따금 아버지는 자기 손가락 냄새를 맡았다. 저녁을 먹고 난 후 아버지는 나를 껴안고는 요전번 일은 미안하구나, 네게 몹쓸 말을 했어, 내 아들, 나중에 설명해주마, 날 원망하지 마, 라고 중얼거린 뒤 잠을 자러 갔다. 그날은 토요일이었기 때문에 나는 엄마와 함께 텔레비전을 보았다. 엄마는 금지된 사랑에 빠진 이들을 인터뷰한 방송을 보고 있었다. 하고 싶은 말이야 하겠지, 그래도 저 사람들은 삐뚤어진 사람들이야, 엄마는 그렇게 말했다. 어느 순간, 유모차를 끌고 있던 그 여자가 화면에 나타났다. 바로 그 여자였다. 똑같은 머리 모양, 같은 안경에 멍한 표정까지 똑같았다.

얼굴은 고스란히 드러내놓고 말하면서 왜 굳이 이름은 밝히지 않으려는지, 마담 엑스(X)의 유일한 미스터리는 바로 그것이었다. 엄마를 포함한 수백만 시청자들은 그녀가 털어놓는 고백을 들어야 했다. 마담 엑스는 죄수를 사랑하고 있다고 했다. 그들에겐 아이도 하나 있었다. 남자가 밤에만 유치장에 갇히기 때문에, 밖에서 생긴 애라고 했다. 그들은 약 일 년 전에 어느 광장에서 만났고, 벼락을 맞은 듯 한눈에 빠져들어 곧바로 그녀의 집에서 사랑을 나누었다. 마담 엑스는 일주일 후 남자에게 자고 가라는 말을 꺼낸 다음에야, 오후를 함께 보낸 그가 자신이 저지르지 않은 죄 때문에 밤이면 감옥으로 돌아가야 한다는 사실을 알게 되었다. 한 가지 의문이 나를 괴롭혔지만, 아쉽게도 엄마에게 그 걸 물어볼 수는 없었다. 어떻게 그렇게 빨리 아버지를 원하게 될 수 있는지, 그가 자기 옆에서 잤으면 하는 욕망을 느낄 수 있는 지에 관한 것이었다. 물러터지고 멍청하고 불행해 보이는 그 삼 겹살 덩어리를 말이다!

마담 엑스는 떨어져 살아야 하는 것이 무척이나 괴롭다고, 만 일 자신의 남자를 완전히 풀어주지 않는다면 돌이킬 수 없는 짓까 지 저지르겠노라고 큰소리를 쳤다. 그녀가 탈옥을 도울 것인가? 판사를 죽일 것인가? 그러면 아이는? 엄마는 그 이야기를 매우 재미있어했다. 저 비뚤어진 여자는 대체 왜 죄수의 애까지 낳아야 했던 걸까? 엄마는 약간 동정하면서도 아이를 갖는 가장 이상적인 방법은 뭐니 뭐니 해도 감옥살이를 하지 않는 남편을 고르는 거지 하 고 생각했다.

이제 마담 엑스는 밤에만 갇혀 사는 죄수와의 일상을 늘어놓 는다. 남자는 아침마다 그녀를 찾아오고, 아이와 함께 산책을 하 고, 점심식사를 함께하고, 때로는 오후 내내 사랑을 나누고…… 엄마가 볼륨을 줄였다. 내가 너무 어린 탓이다. 하지만 엄마가 다시 볼륨을 높였을 때는 이미 늦었다. 아버지와 마담 엑스가 오후에 정사를 나눈다는 얘기가 나왔다. 그다음엔 남자가 다시 감옥으로 돌아가는 것에 대해 마담 엑스가 가슴이 찢어지는 듯한 심경을 토로했으리라. 그건 안 되지요. 사회정의라는 것이 우리 사랑을 막지는 못할 거예요. 마담 엑스는 파렴치한 얼간이에다 음탕하고 관대함이라곤 전혀 없는 그런 부류의 여자였다.

나는 그녀와 그녀의 젖먹이를 끝장내버리겠노라고 다짐했다.

나 역시 멋진 거짓의 소유자가 될 것이다. 나는 아버지처럼 사소한 거짓 속에 묻힌 나약한 자로 살지는 않을 것이다. 아버지는 씨팔놈이다. 그는 돼지보다 못하게 처신하고 두 집 살림이 당연하기라도 한 듯 그 여자네 열쇠를 우리집 열쇠와 같은 열쇠고리에 끼워가지고 다닌다. 열쇠 두 개는 서로 마주쳐 달그락거리면서 그렇게 함께 있다.

아버지는 똑똑한 체하려다 죽을 고생을 하게 될 것이다. 아버지가 마치 엄마가 못된 짓을 하기라도 한 양, 자신이 광장에 있는 거리의 여자에게 끌린 것이 엄마의 잘못이라기도 한 양 엄마를 삐딱하게 바라보고 있을 때, 나는 아버지 모르게 열쇠 꾸러미를 슬쩍 했다. 그리고 마담 엑스의 열쇠를 빼서 복사했다. 머저리 같은 새끼인 내가.

젖먹이는 주먹을 꼭 쥐고 두 팔을 젖힌 채 깊이 잠들어 있었다. 끈으로 묶인 조그만 구이용 고기 같았다. 여자는 내 아버지를 만나러 나갔는지 없었다. 나는 아이를 안아 들었다. 저녁식사용으로 엄마에게 갖다주면 딱 좋으련만. 그런데 녀석이 울기 시작하는 바람에 나는 아이를 안고 있던 손을 놓아버렸다. 녀석은 매트 위로 다시 떨어졌다. 이제 녀석은 악을 쓰며 울어댔다. 나는 녀석의 머리를 베개로 눌렀다. 오래지 않아 녀석이 조용해졌다. 녀석의 몸이 파랬다.

저녁에 누군가 아버지를 찾아왔다. 아버지는 친자 살해범으로 고발되었다. 엄마는 숨이 넘어갔다. 우리 애는 여기 있는데요,

형사님, 직접 확인해보세요. 쟤를 만져봐요, 만져보라구요! 엄마는 당신이 진실을 말하고 있다는 걸 증명하기 위해 나를 어루만졌다. 나는 경찰관들이 내 몸에 손대는 걸 원치 않았는데, 하긴 그건 경찰들도 마찬가지였다. 그들은 엄마에게 조용히 하라고 하고선 아버지에게 수갑을 채웠다. 잠깐 바람피운 게 이렇게 심각한 일은 아니지 않소…… 난 그런 건 다 봐주는 걸로 알았는데, 정말이라니까요. 아버지는 같은 말을 되풀이했다. 우리를 바보로 취급하지 말라니까, 경찰관들이 말했다. 형사님, 우리 애가 이렇게 살아 있잖아요! 엄마가 소리쳤다. 그 순간 아버지는 자신에게 젖먹이가 있다는 사실을 생각해냈다. 그제야 그는 아냐, 아냐, 그럴 리 없어, 그건 아니야 하고 겨우 말했다. 그런데 엄마는 그 말을 살아 있는 나에 대한 악의로 해석하고는 울부짖기 시작했다. 그게 무슨 소리야? 얘가 죽었으면 좋겠다는 거야? 그런 거야? 그런 말이냐고? 나는 엄마를 진정시키고 나중에 설명해주겠다고 했다. 그러나 경찰들이 그 일을 대신 해주었다. 부인, 그들이 말했다, 남편분이 바람을 피웠습니다. 정부와의 사이에 애도 하나 있었지요. 그리고 오늘, 이자가 그 아이를 살해했습니다. 억지로 문을 뜯고 들어간 것도 아니고 창문도 닫혀 있었지요. 당신 남편에겐 열쇠가 있었습니다. 헌데 당신이 왜 열쇠를 가지고 있었어?

아버지는 고개를 푹 숙인 채 떠났다. 마치 벌을 받는 개 같았다.

넌 날 사랑하지, 그렇지, 내 귀여운 병아리, 내 두꺼비, 내 개구리, 내 새끼, 황금 같은 내 새끼, 귀여운 새끼…… 그건 그들의 잘못이 아니었다. 그들은 모르고 있었다. 아이에게 그 모든 사랑의 말을 강요한다는 것도 끔찍한 일이긴 하지만, 억지로 그 말을 듣는 것만큼 끔찍하진 않다는 걸. 널 사랑한다, 아빠는 종종 내게 그렇게 말했다. 널 사랑한다, 엄마 역시 마찬가지였다. 우린 널 정말 사랑한단다, 그들은 합창이라도 하듯 그렇게 덧붙여 말했다. 이전에 묘지나 병원 쓰레기통에서 느꼈던 자신들의 애정결핍이나 실패한 애정을 그런 식으로 내게 내뱉는 건 구역질나는 일이었다. 나로선 그 두 사람을 사랑한다고 확인시켜주고 맹세하고 그렇게 지껄여댐으로써 평생 그 빚을 갚아야 하고, 또 사산아들의 빚까지 갚아야 할 테니까. 머리가 돌아버릴 정도로 부모님이 시도 때도 없이 서로 돌아가며 내가 얼마만큼 그들을 사랑할 수 있는지 물을 때마다 나는 엄마의 낡은 여우 모피 안에 몸을 파묻었다. 누군가 꺼내주기를 기다리며 벽장 안에 걸려 있던 모피에서는 좀약과 짐승 냄새가 났다. 나처럼. 그 모피도 나처럼 베네치아까지 실려 간 적이 있었다. 기업 운영위원회에서 제안한 저렴한 주말여행이라 우리 가족 셋은 그곳에 가기로 했다. 엄마는 소지품을 챙기고 가장 멋진 옷을 고르느라 여러 날을 보냈지만, 결국 낡은 여우 모피를 입는 걸로 결론을 냈다.

베네치아에 간 엄마는 속이 울렁거리면서도, 출렁이는 간이 선착장에 까마귀처럼 앉아서 여우 모피를 입고 멋진 사람들 사이에 섞이게 된다며 흐뭇해했다. 친구끼리 온 것처럼 보이는, 영락없는 촌뜨기 같은 여자들이 엄마를 아래위로 훑어보았다. 아버지는 보란 듯이 대부가 준 회중시계를 허리에 차고 손을 시계 가까이 배 위에 얹고 있었고, 국수 나르는 종업원처럼 머리에 포마드를 바른 나에겐 몸을 곧추세우고 어른 말씀하실 땐 끼어들지 말라고 엄포를 놓았다. 결코 입을 떼지 않는 어린 소년에겐 웃기는 지시사항이었다. 유월 말이라 모피를 껴입고 있는 엄마는 더워 죽을 지경이었다. 그것 좀 벗지 그래, 땀 나겠네, 아버지가 여러 차례 얘기했지만, 엄마는 모피를 꼭 움켜잡고, 덥지도 않고 땀도 안 난다고, 멋진 모피를 입는 즐거움을 포기하지 않기 위해 모든 걸 부인했다.

엄마는 쇼윈도를 곁눈질하는 모습을 들키지 않으려고 종종걸음을 쳤다. 엄마는 이탈리아제 가죽으로 만든 구두와 예쁜 가방, 향수, 거실에 두면 좋을 멋진 장식품을 사고 싶어했다. 아버지가 포옹해주는 꿈, 비둘기가 날아오르는 배경을 뒤로 하고 셋이서 손을 잡고 함께 달려보는 꿈을 꾸기도 했다. 그렇지만 그곳에서 우리는 슬프다 못해 처량하기까지 했다. 엄마는 곤돌라에서 아버지가 무릎을 꿇은 채 손을 잡고 이탈리아어로 다시 한번 청혼을 해주기를 바랐다. 하지만 아버지는 처음에는 독일어를 배웠고 그 뒤에 영어를 배웠다. 우리의 추억이라고 할 만한 건, 도저히 끝날 것 같지 않은 하루처럼 음울한 낡은 여우 모피 차림의 엄마와 싸구려 식당에서 주문하면서 r을 독일식으로 발음해 엄마의 얼굴을 붉어지게 한 아버지의 모습이리라. 그래서 엄마는 일부러 요리명에 r자가 들어가지 않는 음식만 골라 직접 주문을 하려고 했는데, 종업원이 알아듣지 못하고 계속 물었다. 아버지는 자, 더 큰 소리로 해, 과감하게, 외국어를 하려면 무조건 덤벼들어야지, 나처럼 해봐! 하고 어머니에게 말했다. 그때마다 불쌍한 소녀의 모습이 엄마를 뒤덮었다. 엄마는 일개 종업원 앞에서 수치스러운 모습을 보이고 싶지 않았다. 엄마는 아버지에게 미소를 지어 보였다. 남편을 고른 것도 자신이고, 그가 완벽하게 자기 취향에 맞다는 것을 다른 사람들에게 보여주기 위해서였다. 돌아오는 길에, 엄마는 세팅한 머리가 풀릴지도 모른다는 생각에 질겁해서 다른 데 들르지 말고 곧장 가자고 우리를 재촉했다. 아버지는 곤돌라 사공들이 쓰는 모자를 살 때를 빼고는 내내 달음박질을 쳐야 했다. 아버지가 모자를 마님의 머리에 얹자마자 엄마는 재빨리 모자를 벗으며 소리쳤다. 머리 세팅한 거 안 보여? 일부러 그러는 거야 뭐야? 호텔로 돌아온 엄마는 엘리베이터 거울에 비친 머리를 보고 파랗게 질렸다. 오, 맙소사! 화창했지만 몸이 땀에 젖은 터라 부모님은 날 욕조에 집어넣었다. 호텔 방 창문으로 교회가 보였지만, 엄마는 내 집처럼 편안하게 있자며 커튼까지 쳤다. 아버지는 내가 욕조에서 나오길 기다리며 〈오솔레미오〉를 부르고 있었다. 서둘러라, 사람들이 저녁식사 하자고 기다린다, 엄마의 잔소리가 들렸다. 드레스를 차려입고 한참을 공들여 머리 손질을 한 다음 엄마는, 정말 끔찍해! 라는 말을 반복하며 방을 나섰다.

아버지가 감옥에 들어간 후 엄마의 피부는 탈색되어갔다. 매달 생활비를 버느라 다림질하는 셔츠처럼 하얗게 표백이 되어버렸다. 엄마는 생업 전선에 뛰어들어야 했기에, 나에게 노상주차

권 발매기와 상점들에 광고 전단을 붙이라고 했다. 처음으로 전화를 한 고객이 다림질 외에 다른 재주가 있느냐고 묻자 엄마는 울기 시작했다. 그리고 스피커를 켰다. 나는 엄마에게 청소와 바느질도 할 수 있다고 말하라고 했다. 그럼 몸도 파나? 그놈은 그렇게 물으며 엄마를 갈보라고 불렀다. 나는 그게 무슨 뜻인지 전혀 모르는 체하며 엄마에게 속삭였다. 그렇다고 해, 그렇다고 하라고, 엄마, 돈이 생기잖아. 엄마는 오래 묵은 쓰레기라도 되는 양 날 확 뿌리쳤다. 수챗구멍의 오물을 처리하듯. 나는 늘 가는 구석에 처박혀서 울었다. 이렇게 도전의식이 없는 엄마와는 미래를 기대할 수 없을 것이다. 엄마가 와서 나를 껴안고 미안하다며, 아직 엄마를 사랑하느냐고 물었다. 나는 용서는 해주었지만 사랑은 거부했다. 바보를 사랑할 수는 없었다. 엄마는 너무 하얗고, 하얘서 결국 투명해질 텐데, 그렇다고 해도 변하는 건 전혀 없을 것이다. 변하지 않고 그 모습 그대로 아무것도 되지 못하는 사람에게도 잘못은 있는 법이다.

그래서 엄마는 다림질을 계속 했고 엄마가 흘린 눈물로 다림질에 쓸 물을 아꼈다. 사람들이 맡긴 세탁물은 엄마의 눈물로 흠뻑 젖었다. 가끔 나는 고생하는 엄마를 도울 겸 세탁물 배달 일을 했는데, 엄마가 나보고 세탁비로 받은 돈을 저축하라고 했기 때문이었다. 나는 저금통에 돈을 저금했고, 그러면 엄마는 대견한 듯 알뜰한 아들을 소리 높여 자랑했다. 내 새끼, 잘하고 있구나, 저금해, 한 푼 두 푼 모아라, 앞으로 삶이 어떻게 될지 전혀 알 수 없으니까……

어리석은 엄마였지만, 나는 엄마를 용서했다. 엄마는 한 번도 잘살아본 적이 없었다. 엄마의 삶이 너무나 애처로워서, 엄마를 생각할 때면 울적한 기억들이 떠오른다. 아버지 이야기를 잠깐 하면, 아버지는 철창 너머 몸을 웅크린 채 날 보자고 했었다. 엄마는 일주일에 두 번 면회를 갔고, 매번 어쨌든 네 아버지잖니 라는 말로 날 설득해 데리고 가려 했다. 하지만 그때마다 그 여자에게 가 닿던 아버지의 손, 젖먹이를 바라볼 때의 미소가 생각나서 가지 않겠노라 거부했다. 엄마에게는, 평생 감옥에 갇혀 있어야 하는 사랑하는 아빠를 보면 가슴이 찢어질 거라는 핑계를 댔다. 엄마는 그럼 편지라도 쓰라고 했다. 그럴 때면 난 편지에 젖먹이들과 열쇠들, 먹구름과 철창이 있는 끔찍한 그림을 그려 꼬깃꼬깃 접은 채 건넸다. 그림 속 철창 사이에 아빠 사랑해, 라고 적고, 내 서명이 들어갈 자리에 일종의 상형문자 같은 걸 휘갈겨 썼는데, 돋보기로 자세히 들여다보면 그게 '머저리' 라는 뜻임을 알 수 있었을 것이다.

방학이 시작되자 엄마의 불평은 두 배로 늘었다. 남편도 없는 데다 일에 치여 죽을 지경이었으며, 심지어 자식을 야외수련회에 보낼 처지도 안 되었던 것이다. 난 엄마가 시키면 구걸이라도 하러 나설 준비가 되었노라고 맹세했다. 엄마는 절대 그런 말은 하지 말라고 애원했다. 그리고 혹여 굶어 죽을 지경에 이르더라도, 남에게 손을 내미느니 차라리 엄마를 잡아먹겠다는 약속까지 하게 했다. 매일같이 다림질을 하느라 신경이 예민해지긴 했지만, 엄마는 착하고 어른스러운 사람이다. 나는 우리에게 더 맞는 일들을 하도록 엄마를 이끌 것이다. 엄마는 그러자고, 그래 그러자고 대답하겠지. 왜냐하면 엄마는 내 엄마고, 엄마는 아들을 사랑하니까.

내가 저축한 돈으로 립스틱을 선물하자 엄마는 고마워했다. 그건 엄마에게는 너무 예쁘고 또 너무 고급스러웠다. 내가 화장품에 대해 아는 게 없긴 해도, 이틀이면 입술이 갈라져 고객들의 혐오를 불러일으키는 질 낮은 제품은 고르지 않을 생각이었다. 아이스크림을 먹으러 가기 전에 나는 엄마에게 베네치아를 추억하며 여우 모피를 걸치는 게 어떻겠냐고 했다. 앞을 잠그지 말고 빨간 드레스가 드러나게 입으라고도 했다. 그 드레스는 몸매가 고스란히 드러난다고 엄마가 이제 입지 않는 옷이었다. 엄마는 좀처럼 말을 들으려 하지 않았지만, 순진한 어린아이 같은 내 미소에 넘어가 결국은 그렇게 했다. 날 기쁘게 해주려면 그렇게 할 수밖에 없는 듯 말이다. 카페테라스에 앉아서 나는 방학 동안 하려고 꿈꾸어왔던 일들을 이야기했다. 내가 크면, 매년 휴가 때 바닷가에 있는 호텔에 갈 거야. 내 침대로 아침식사를 올려 보내라고 하고, 해변 클럽에 가입해서 하루 종일 죽치고 있어야지. 덧붙여서 나는 개학을 하면 다른 아이들이 놀리지 않을 새 책가방이 필요하다고, 또 요즘 아이들이 입고 다니는 길이가 긴 외투와 물 빠진 청바지가 있어야겠다고 말했다. 엄마는 내 머리를 쓰다듬으며 그러라고 했고, 내가 필요한 것들을 다 사줄 수 있도록 다림질을 더 많이 하겠다고 약속했다. 나는 엄마가 날이 갈수록 예뻐지는 것 같다고, 남자들이 엄마만 쳐다본다고, 립스틱을 바르고 빨간 드레스를 입으니 엄청나게 달라 보인다고 말했다. 그리고 엄마가 그 사실을 깨달을 시간을 주기 위해 난 화장실을 다녀오겠다고 했다. 급할 것도 없었으므로 나는 핀볼 게임을 하다가 돌아와 자리에 앉았다. 제대로 먹혔다. 한 사내가 엄마에게 말을 걸고 있었다. 엄마는 긴장하긴 했지만 스스로에게 만족해하며 미소를 띠고 있었다.

다음날 아침, 엄마는 내 침대로 아침식사를 가져다주고, 내가 똑바로 누울 수 있게 베개를 하나 더 받쳐준 다음 다시 다림질을 시작했다. 나는 다른 애들처럼 휴가를 떠나지도 못하니까 온종일 나가 놀아도 되느냐고, 공원에서 햇볕이나 쬐어도 되느냐고 물었다. 엄마는 그러라고 했다. 나는 엄마가 다니지 않는 동네들에 광고 전단들을 계속 붙일 수 있을 것이다.

'다년간의 경력 보유한 여성이 자택에서 남성 고객들의 긴장을 풀어주는 마사지, 휴식, 안마(다림질도 가능) 제공. 전 연령 가능. 저렴한 가격.'

나는 집으로 돌아와 층계참에 숨어서 첫 고객이 오는지 살폈다. 첫 손님은 내가 우리 장래에 대해 절망적으로 생각하려는 찰나, 오후 늦게야 나타났다. 엄마는 내가 왔으리라 생각하고, 이제야 왔구나 내 사랑! 하고 문을 열었다. 사내는 별로 놀란 기색이 아니었다. 엄마는 사과를 했다.

"아, 미안합니다. 선생님. 아들을 기다리고 있었거든요. 세탁물 때문에 오셨나요? 오늘 저녁에 오시리라곤 몰랐네요."

"너무 이른가?"

"아뇨. 아무튼 들어오세요."

나는 실망했다. 그렇게나 전단을 많이 붙였는데 소득이 전혀 없다니. 나는 문에 귀를 대고 남자가 무슨 말을 하는지 엿들었다.

"피로를 좀 풀어야겠는데."

"앉으세요. 어디 안 좋으세요? 물 한 잔 드릴까요?"

엄마가 물었다.

나는 열쇠 구멍에 눈을 가져다댔다. 사내는 엄마의 몸에 손을 없은 상태였다. 엄마는 펄쩍 뒤로 물러났고 사내는 이빨 사이로 말을 내뱉었다.

"야성적이군그래. 야성적인 여자야, 세탁부라…… 갖고 싶군. 너무 아름다워. 광고가 마음에 들었어."

그는 킁킁대며 엄마의 냄새를 맡았다.

"열기가 느껴져, 수증기 냄새도 나고, 나의 보헤미안. 하루 종일 셔츠의 애무를 받았는데, 네가 다린 거군. 그러니 내 몸을 문지른 것은 네 손이야."

나는 웃음을 참느라 숨이 막힐 지경이었다.

엄마는 더듬거리며 말했다.

"안 돼요. 그럴 수 없어요. 난 그런 여자가 아니에요. 그리고 곧 아들이 돌아올 거예요."

"돈을 내지, 돈을 내겠다고. 내 걸 서게 만들어봐. 자, 잡아."

남자가 말했다.

그는 이미 바지 앞섶을 벌리고 있었다.

나는 잽싸게 아래층 전화박스로 달려가 엄마에게 전화를 걸었다. 엄마는 억양이 없는 목소리로 전화를 받았다.

"여보세요?"

"엄마, 나야. 시간 가는 줄 모르고 놀았어. 게임기가 있는 친구 하나를 사귀었는데, 알죠, 돈이 없어서 크리스마스 때 엄마가 사주지 못했던 그 게임기 말이에요…… 한 시간만 더 놀다 갈게요. 괜찮죠? 제발 허락해주세요……"

"애야, 그러렴. 놀고 오렴, 천천히. 기다리마."

나는 급히 계단을 뛰어 올라가 다시 열쇠 구멍으로 눈을 가져다댔다. 엄마가 승낙했다.

사내가 가고 나자, 나는 엄마에게 씻을 시간을 준 후 벨을 눌렀다. 엄마는 나를 껴안고 함께 식탁으로 갔다. 엄마에게 무릎이 까졌다고 하니까 엄마는 부엌을 닦다가 미끄러졌다고 얘기했다. 내가 남편이었더라면, 한바탕 두들겨팼을 것이다. 거짓말쟁이. 식사가 끝나자, 엄마는 내게 지폐 한 장을 주면서, 내일 방학을 즐겁게 보내는 데 도움이 될 장난감을 사라고 했다.

사내는 칼같이 계산을 했지만 엄마는 더 요구할걸 하고 생각하기도 했을 것이다. 두 점의 초상화 앞을 지나치다가 나는 그것들을 흘끔 보고는 잘 자 할배, 잘 자 할매, 하고 아무에게나 말하듯 내뱉었다. 엄마의 안색이 창백해졌다. 다음 날, 초상화들은 자취를 감추었다.

우리의 생활 형편은 눈에 띄게 나아졌다. 그 사실을 알리기 위해 나는 아버지에게 보내는 그림에 은행권과 보석으로 군데군데 장식을 했다. 세탁부 행세를 했지만 실상은 매춘부인 엄마는 종종 사례금을 놓고 협상을 했다. 엄마는 이전보다 더 많은 눈물을 흘렸고, 우리는 예전보다 더 좋은 음식을 먹었다. 이따금 나는 문 뒤에 서서 모든 게 잘 되어가고 있다고 스스로에게 다짐했다. 엄마는 얼마 지나지 않아 남자들을 빨리 절정에 이르게 만드는 정확하고 풍부한 어휘들을 익혔다. 엄마는 그들이 가르쳐준 것들을 반복 학습했다. 난 당신의 보헤미안, 당신의 거길 발딱 세워주죠, 당신 몸에 닿는 셔츠를 다린 사람이 나예요, 그리고 가끔은 나도 즐겨요.

손님을 받는 틈틈이 엄마는 다림질을 했다. 급하게 관계를 끝내고는 나를 떠올리며, 내게 사줄 것과 나를 데리고 갈 만한 곳들을 생각했다. 저녁이면 엄마는 우리 인생을 통째로 뒤바꾸어 놓은 그 방송을 봤던 그날 저녁과 마찬가지로, 웅크린 채 기진맥진한 몸을 내 몸에 기댔다. 엄마는 사람들의 머리를 보고 이것저것 평을 해대다가 피곤해지면 채널을 돌려 동물 다큐멘터리를 보았다. 이젠 스크래블 게임도 자주 하지 않았다. 어쩌다가 게임을 하면 엄마는 단어를 찾는 데 너무 많은 시간을 잡아먹었고, 찾아낸 단어들도 하나같이 천박했다. 나는 그런 말을 하나도 알지 못하는 척해야 했기에 웃음을 참느라 적잖이 힘이 들었다.

  아버지는 내게 과자 같은 걸 갖다달라고 했다. 아버지는 자신의 결백을 주장하면서, 육성으로 직접 내게 설명하려고 했다. 사실 아버지는 나라는 녀석을 잘못 알고 있었다. 언젠가는 내게서 그 젖먹이 건을 용서받겠지 하는 것도 잘못된 생각이었다. 나는 예전보다 더 잘 살고 있었다. 부모의 무관심에 더는 괴로워하지 않고 무척이나 편안하게. 어렸을 적 일은 잘 생각나지도 않았다. 어린 시절은 흐릿한데다 주로 학교 운동장과 내 방에 한정되어 있는데, 색채도, 음악도, 어떠한 향기도 없었다. 어린 시절이란 뭔가를 걸러내는 체이자 별로 쓸모도 없는 혼돈일 뿐이지만 어쩔 수 없이 지나야 하는 통로였다. 청소년기는 나를 세상으로 내보내주는 대신, 내 등 뒤로 두려움과 이미지들이 가득한 문을 닫아버렸다. 나를 강하게 단련시켜준 아이들은 예전과 마찬가지로 지금도 내 친구가 아니다. 그들은 이제 내게 두려운 존재가 아니다. 그저 내 주위에 존재할 뿐이었으며, 그들이 살고 있다는 사실도 하등 중요하지 않았다. 나는 생존이라는 것이 일종의 여행이라는 사실을 깨달았다. 낯선 사람들과 마주치기도 하지만, 그들은 여전히 낯선 이들로 남았다. 그리고 사람들은 누구나 자기 자신에게만 관심이 있기 때문에 자신들이 낯선 사람으로 남거나 말거나 신경도 쓰지 않았다.

어느 날인가 엄마를 따라 면회실에 가야 했다. 계속 이런 식으로 지낼 수는 없다고, 아빠를 만나는 자리에 나를 강제로 데려간 것이다. 엄마는 내 정서불안을 염려하고 있었다. 나는 면회실에서 아버지를 만났고, 아버지는 날 품에 안아볼 수 있었다. 아버지는 울었고 엄마는 연이어서 대체 왜 그런 짓을 했어, 뭣 때문에 필요했던 거야 그깟 년이, 라는 말을 반복했다. 아버지는 다시는 그러지 않겠노라고 맹세했다. 그러자 엄마는 그래, 다시는 그런 짓을 하지 못하도록 당신을 가둔 거야, 라고 말했다. 아버지는 맞아, 너희를 속였기 때문에 벌을 받은 거야, 하지만 지금 이렇게 용서를 빌고 있잖아, 그러니 제발 내가 결백하다는 걸 증명할 수 있도록 도와줘, 라고 했다.

나는 엄마를 닮아서 우는 남자는 딱 질색이다. 나는 아버지에게 감방에서 지내는 동안 좀 단단해지라고 말해주고 싶었다. 그리고 음반을 사느라 우리를 파산지경으로 내몰고 면회소에까지 음반을 가져다달라고 말하는 아버지가 정작 왜 가수들에게는 편지를 쓰지 않는 걸까 생각했다. 직접 음악 프로듀서들에게 편지를 써서 그것들을 보내달라고 할 수도 있을 텐데. 그렇게 하면 출소해서 디스코테크를 개업할 수도 있을 것이다. 사회에 다시 편입될 수 있겠지. 엄마는 고고를 추는 댄서가 될 거고.

"아빠, 음반을 보내달라고 가수들에게 편지를 써보세요. 마음에 드는 사람들을 찍어서 그 사람들에게 편지를 해요."

그리고 나지막한 소리로 덧붙였다.

"아빠도 알겠지만, 엄마는 과로로 죽을 지경이에요. 하루에 열다섯 시간이나 다림질을 한다니까요. 벌써 카세트들만 해도…… 그런데 이제 시디까지……"

아버지는 내 머리를 쓰다듬으며 사과했다.

"맙소사, 맙소사, 미처 그런 생각은 못 했구나. 네 말이 맞다. 그렇게 하마. 미안하구나."

아버지는 전보다 야위었고 그게 더 어울렸다. 그토록 오랜 세월 꾹 참았던 눈물을 너무 많이 흘린 탓인지 얼굴이 붓고 침중해 보였다. 그러니까 더 지적으로 보였다. 하기야, 이제 아버지는 성서도 읽는다.

나는 아버지가 원하는 가수에게 보낼 샘플 편지를 써서 보내주었다. 아버지는 엄마를 통해 내 국어 실력이 엄청 늘었다고 말했다. 내게 그 사실을 입증이라도 하려는지, 아버지는 실행에 옮겼다. 아버지의 편지를 받은 가수는 바르바라 푸레였다. 얼빠진 그 여가수는 사교계 저녁모임에서 죄수와 서신을 주고받는다는 이야기를 할 생각에 기뻐서 기꺼이 자기 시디를 보냈다.

나는 조금 살집이 있는 체구 그대로긴 했지만, 신중하고 야성적이면서도 제대로 교육을 받은 멋진 청년이 되었다.

　　어느 날 새로운 여자애가 전학을 왔다. 그녀의 이름은 로레트. 남의 눈길을 피하는 듯한 시선에 입술이 촉촉한 아이였다. 나는 그녀를 내 것으로 만들어야겠다고 결심했다.

　　쉬는 시간마다 나는 그녀를 뚫어지게 바라보았고, 그녀의 반응과 표정을 확인했다. 저녁이면 거울 앞에 서서 그녀를 흉내냈고, 그러고 나선 거울에 온통 입맞춤을 했다. 엄마는 어안이 벙벙해서 내 뒤를 지나치며 대체 어떤 녀석이 타일바닥에 침을 흘리냐며 화를 냈다. 나는 로레트가 되어갔다. 점점 더 내가 세련되어진다는 느낌이 들었다. 이제 내 마음은 그녀의 실체로만 자양분을 얻었으며, 그녀가 다가오기만 해도 영향을 받게 되었다. 종종 로레트는 로드리그 패거리와 점심을 먹었는데, 난 거기 끼지 않았지만, 그래도 내게 적대적이진 않았다. 정오에서 두시 사이 엄마가 휴식을 취할 때면 난 집으로 돌아와 돈이 제대로 잘 들어오고 있는지 은밀히 확인했다.

어느 날 로드리그가 로레트의 손을 잡고 있는 모습이 내 눈에 띄었다. 바로 그날 밤, 그는 출혈 과다로 죽었다.

반 전체가 합창을 하기로 한 로드리그의 장례식 날, 나는 로레트에게 접근할 수 있었다. 그녀는 우느라 제대로 노래를 부르지도 못했다. 내가 나지막한 소리로 지적했다.
"울지 마, 노래가 엉망이잖아."
그녀는 영문을 알 수 없다는 듯 표독스럽고 감당하기 힘든 시선으로 날 노려보더니 울음을 뚝 그쳤다. 그리고 제대로 노래를 부르기 시작했다. 상복을 입은 그녀는 아름다웠다. 발가벗은 모습은 분명 더 아름답겠지만, 연인을 잃고 버려진 그대로의 모습도 좋았다. 나는 그녀의 손을 잡았다. 그녀는 잠자코 있었다. 나는 장례식 내내 그리고 매장을 하는 동안에도, 장례식이 끝나고 버스를 타고 돌아올 때도, 버스를 내려서도 계속 그녀의 손을 잡고 있었다. 교실에 들어와 그녀가 내 손을 뿌리치려 했을 때, 나는 잡은 손에 더욱 힘을 주었다. 나는 그녀의 옆 자리에 앉았다. 내 손 안에서 그녀의 손은 바들바들 떨고 있었고, 맥박이 뛰는 것까지 느껴졌다. 기분이 좋아졌다. 다만 나와 그녀는 둘 다 오른손잡이라는 게 좀 걸렸다. 수업중에 필기를 하려면 손을 놓아야 할 테니까. 하지만 난 개의치 않기로 했다. 의자에 앉은 그녀가 몸을 뒤틀기에 나는 그만 떨라고 속삭였다. 우리는 꼭 붙어 다닐 것이다. 그녀가 조금 앞장서서 갈 수도 있겠지. 그녀는 왼손으로 만년필을 들더니 그럭저럭 필기를 해나갔다. 조금만 더 참을성을 가지고 해나간다면, 제대로 잘할 것이다. 학교에서 나오면서 나는 산책이나 하자고 했다. 그녀는 손을 놓는다면 그러겠노라고 했다. 야성의 여인, 보헤미안. 나는 왜 그들 둘이 잘되지 않았는지 납득시켜줌으로써 연인을 잃은 그녀를 위로해야 했다. 그녀는 고집스러웠다.

"하지만 난 걔를 좋아했어, 알아? 우리는 똑같았거든."

"똑같은 사람끼리는 절대 안 이루어지는 법이야."

그녀의 손을 잡고 있으니 기분이 좋았다. 집에 가야 할 시간이었지만, 계속 그러고 있고 싶었다. 그녀에게서 손을 잘라내고 싶은 욕망까지 들었다. 아쉬운 마음으로 그녀의 손을 놓아주며, 나

는 그녀에게 다음 날 아침 바로 다시 손을 내밀어주겠다는 다짐
을 받았다.

여덟시 이십분, 내가 학교 운동장에 도착하자 그녀가 자연스
럽게 다가왔다. 손을 잡기 위해 내가 손을 내밀자, 그녀는 뒤로
물러섰다. 가슴이 뭉클했다. 그녀는 단골을 두려워하는 엄마와
닮았다. 나는 그녀가 경계를 풀고 있을 때 알아채지 못하게 손
잡을 순간을 노리고 있었다. 수학 시간이 되어서야 그녀는 삼각
자를 사용하려고 엉덩이 밑에서 손을 빼냈다. 그녀가 삼각자를
쓰는 모양이 엉성하기 짝이 없자 선생님이 나에게 그녀를 도와
주라고 했다. 나는 그녀의 손 위에 내 손을 얹고 삼각자 사용법
을 설명해주었다. 겁에 질린 그녀의 눈동자가 내 눈 속에 잠겼
다. 나는 뱃속에서 치밀어오르는 관능적 느낌, 알 수 없는 야릇
한 움직임을 느꼈다. 내 성기는 우리집에 들르는 사내들의 것처
럼 단단해졌다. 단단하고 거대한 것. 그걸 로레트와 함께 나누고
싶다는 생각이 들었다.

토요일 오후에 나는 그녀에게 선물을 했다. 우리집에 초대를 했더니 그녀가 왔다. 어쩌면 나중에 보복을 당할까 두려워서였 는지는 모르겠지만, 하여간 왔다. 나는 엄마의 얼굴이 부끄럽 지 않았다. 립스틱을 바른 입이 놀라움에 다물어지지 않았지 만, 입가에는 미소를 띠고 있었다. 내 친구들이 집으로 놀러오 는 것에 익숙하다는 느낌을 주는 미소였다. 우리 둘은 내 방으 로 들어왔다.

"가여우셔라, 저 많은 걸 다 다려야 하다니……"

로레트가 말했다.

"엄마가 일할 수밖에 없어. 아버지는 감옥에 있거든."

로레트는 화들짝 놀랐다.

"왜 너는 항상 화들짝 놀라니?"

"네가 그럴 만한 이야기를 하잖아, 가끔……"

"그게 뭐 어쨌다고! 맞아. 아버지는 감옥에 있어. 자기 아이를 죽였거든. 우리 음악이나 들을까? 〈죽음의 무도〉라는 곡이 있는데, 네가 좋다면. 너, 〈죽음의 무도〉 알아?"

"몰라. 다른 건 없니?"

"없어. 〈죽음의 무도〉를 들어봐, 참 좋은 곡이야."

나는 그녀의 손을 잡은 채 침대에서 몸을 흔들었다.

"춤출래?"

"고맙지만 사양할래."

우리는 춤을 추었다. 그녀는 무서워서 진땀을 흘리고 있었다. 나는 거실에서 사내들이 하는 걸 본 그대로, 그들처럼 무덤덤하게 치마를 끌어내렸다. 그녀는 내 뺨을 때리고는 날 지저분한 머저리 취급을 하며 방에서 뛰쳐나갔다.

〈죽음의 무도〉는 막바지에 접어들었고, 나는 뺨이 아팠다. 마치 그녀가 내 뺨의 피부를 뜯어낸 것처럼.

쾅 하고 닫히는 문소리에 놀란 엄마가 들어와 바닥에 주저앉은 나를 일으켜세웠다.

"내 아들…… 대체 무슨 일이니? 엄마에게 말해봐, 무슨 일이 있었니?"

"걔가 날 때렸어."

"때렸다고?"

"그래, 여기."

나는 뺨을 보여주었다.

"내가 그 계집애 버릇을 고쳐줘야겠다……"

엄마는 득달같이 계단을 내려갔다.

"이 망할 년아, 재깍 이리 돌아오지 못해? 감히 내 아들에게 손을 대다니, 내가 본때를 보여주마."

로레트는 이미 가버린 후였다. 엄마는 손으로 치맛단을 고르며 정원에서 울고 있었고, 딸꾹질을 하면서 이젠 신물이 난다고 말했다. 나도 엄마에게 기대 울었다. 죽고만 싶었다. 나는 여자들을 어떻게 대해야 하는지 몰랐다. 아버지처럼 될지도 몰랐다. 그래도 아버지는 자신이 사모하는 바르바라 푸레와 펜팔을 하는 능력이라도 있었다. 머저리일지는 모르지만 적어도 어떻게 대처해야 하는지는 알았다. 물론 연민의 감정이겠지만……

"내 강아지, 무슨 말을 하는 거니?"

"내가 불행하다고요."

"자, 엄마에게 네가 얼마나 불행한지 다 보여주렴. 그리고 네

안에 있는 그놈의 불행을 뻥 걷어차버리자."

어떻게 된 건지 모르지만, 분명한 건 몸을 팔게 된 이후로 엄마가 시적으로 변했다는 것이다. 이전 같으면 나를 일으켜세우고 내가 만들어낸 불행이라는 거품을 뻥 걷어찬다는 기막힌 생각은 결코 해내지 못했으리라. 그냥 푸념이나 늘어놓다가 눈물을 꾹 참고는 설거지나 유리창 닦는 데 악착같이 매달렸겠지. 엄마는 거리낄 것 없이 편안했고, 활기가 넘쳤다. 난생처음으로 내가 엄마에게 쓸모 있는 게 아니라 엄마가 내게 더 도움이 된다는 생각이 들었다. 우리는 사랑을 두들겨패고 계집애의 심술로 상처받은 마음을 풀었다. 우리는 삶에 상처입고 싸우는 어린아이들이었다. 그래 맞다, 인생이란 놈이 맘대로 활개치게 두었다간 정말 가관일 거다.

다음 날 엄마는 학교에 가는 나를 따라나섰다. 나는 엄마에게서 로레트에게 아무 말도 하지 않고 그냥 내 곁에 있겠다는 약속을 받아냈다. 어떻게든 그녀의 사과를 받아내고 따끔하게 혼내주겠다는 엄마의 결심을 포기시켜야 했다. 나는 나의 로레트가 사과하는 걸 원하지 않는다. 그저 날 사랑하기만 하면 된다. 그런데 그녀는 날 사랑하고 있었다, 정말이다. 날 사랑했지만 소심함이 그녀를 주저하게 만든 것이다. 그녀는 앞으로 더 고분고분해지는 법을 배울 것이고, 내가 그녀의 팬티에 손을 얹더라도 그건 그녀를 더 기분 좋게 하려는 행동이라는 걸 이해하게 될 것이다. 아니 어쩌면, 내 앞에서 고개를 홱 돌림으로써 나에게 품고 있는 사랑을 어설프게나마 표현했다고 생각한지도 몰랐다.

바르바라 푸레는 아버지에게 보내는 편지에서 감옥에 갇힌다는 것에 관한 자신의 이론들을 피력했다. 그녀는 사람이 자유의 가치를 아는 것이 어떤 점에서 좋은지 설명했다. 엄마를 따라 면회를 갔던 날, 아버지는 나에게 사진을 찍어달라고 부탁했다. 감옥에 갇힌 사람이 어떻게 생겼는지 바르바라 푸레가 알고 싶어 해서였다. 나는 카메라를 들고 면회를 가서 아버지의 사진을 찍었다. 일부러 그의 목 아래와 몸통만 나오게 했다. 머리를 잘라버린 것이다. 아버지는 현상해서 가장 잘 나온 사진을 골라 바르바라에게 보내달라고 부탁했는데, 그가 그녀의 주소를 알고 있다는 얘기였다. 엄마는 눈 하나 깜짝하지 않았다. 엄마가 누리는 강렬한 성적 쾌감들을 고려해본다면, 이젠 쓸모 없어진 남편이 정신적으로나마 꿈꾸는 일탈을 용납하지 못한다는 건 너무 지독한 처사일 것이었다. 얘야, 내가 아니면 누가 그 사람을 보러 가주겠니, 누가?

학교 운동장 차양 아래 로레트가 막 도착하자 나는 카메라를 들어 그녀를 찍었다. 그게 필름의 마지막이었는데, 그녀는 내게서 카메라를 빼앗더니 사정없이 짓밟아버렸다. 나는 그녀의 발길질이 끝날 때까지 기다렸다가 기계의 파편들을 주워 호주머니에 집어넣었다. 나는 그렇게 철저하게 그녀를 괴롭히는 걸 즐기고 있었다. 다음 날은 그 조각들을 실에 꿰어 그녀의 목에 걸어주는 방법을 써서 그녀의 신경을 더욱 돋우었다. 극도로 흥분한 그녀는 얼굴이 시뻘게져서 목걸이를 확 뜯어버렸다. 나는 화장실로 달려가 피를 닦아줄 휴지를 가져왔다. 이젠 피 흘리지 마, 너는 내 거니까, 넌 어떻게도 할 수 없어, 난 널 사랑해, 나는 그녀에게 말했다. 그녀는 한 번만 더 말을 걸면 교장 선생님께 일러바치겠다고 협박했다.

어느 날 저녁, 로레트가 결석을 해 그녀를 따라다닐 수 없어진 나는 바르바라 푸레가 살고 있는 집 쪽으로 터덜터덜 걸어갔다. 그녀의 우편함에 아직 우편물이 들어 있어서 아버지의 글씨가 적혀 있는 편지를 미리 빼낼 수 있었다. 나는 구석에 처박혀 차분하게 편지를 읽었다.

친애하는 바르바라,

당신의 말은 붓이요, 당신의 목소리는 마법의 지팡이입니다. 당신은 나의 일상에 마법을 걸어 나를 자유인으로, 한 권의 책으로 만들었다고 감히 말씀드리고 싶군요. 이제 나는 오로지 당신의 글, 당신의 글과 당신 목소리만 먹고삽니다. 당신은 노래를 무척이나 잘 부르는데, 글은 서툴군요. 당신이 부탁한 사진을 보냈습니다. 간절히 당신의 편지를 기다리고 있겠습니다. 당신은 나의 뮤즈예요.

안녕히(키스를 보내드려도 될까요?).

부끄럽고도 헌신적인 당신의 죄수로부터

나는 그 편지를 찢어버리고 비비 꼬인 아버지의 글씨체를 흉내내 다시 편지를 썼다.

바르바라, 나 발기했어. 당신은 마법의 구멍이야. 난 당신을 원해, 당신을 사랑해. 내게 편지 보내. 이건 명령이야. 만일 날 잊는다면 난 당신을 죽일 수도 있어. 화내지 마. 발기했다는

건 열정을 나타내는 친근한 표현이야, 그래, 내 사랑, 삶의 열
정 말이야.

나는 편지봉투를 다시 우편함에 집어넣었다.

잠시 후 나는 내 누이를 찾아갔다. 엄마가 새로운 일을 하게
되면서 방치되어 황폐해진 무덤의 모습 때문인지 아니면 그 순
간 내 눈에 들어온 푸른 하늘 때문인지는 모르겠다. 문득 다른
망자에게 들러봐야겠다는 생각이 든 것이다. 내 새엄마가 될 수
도 있었을, 우울증 환자 전문인 에델바이스 요양원에 있는 그녀
에게. 젖먹이의 엄마였던 마담 엑스는 치료를 위해 그곳에 입원
해 있었다.

그녀는 벤치에 앉아 손가락을 꼽고 있었다. 그 틈을 타서 나는
그녀에게 손가락이 엄지, 검지, 중지, 약지 네 개씩밖에 없다는
생각이 들도록 만들었다. 그녀가 부인했다. 아냐, 아냐, 내 손가
락은 열 개야. 천만에, 잘 봐요, 당신 손가락은 네 개야, 함께 세
어보자고요.

감시원이 내게 그녀의 가족이냐고 물어서 친척이라고 대답했
다. 면회를 오는 게 좋아요, 아시다시피 그녀에게는 누군가 면회 와
주는 게 필요하거든요…… 언젠가 낫기를 바란다면요…… 감시원이

말했다.

　나는 그녀가 그 상태로도 좋다고 생각했다. 세상에는 온갖 종류의 인생이 필요한 법이고, 그녀는 정신 나간 여자의 역할을 정확하게 수행하고 있었다. 나는 그녀가 화단 울타리의 창살에 매달려 그 창살 사이로 빠져나가려는 듯이 몸을 흔들어대는 모습이 좋았다. 좀더 자주 그녀를 찾아와야겠다고 마음먹었다. 로레트를 데리고 올 수도 있을 것이다. 어쩌면 둘은 마음이 잘 맞을지도 모른다. 가기 전에 나는 주머니에서 아버지 사진을 꺼내 마담 엑스에게 보여주었다. 그녀는 울부짖으며 달려가 나무에 몸을 부딪쳤고, 두 간호사가 그녀를 붙들고 신속하게 주사실로 데려갔다. 오! 늘 그렇듯 이 땅을 흉악하게 만드는 폭력에 무척이나 가슴 아파하며 나는 그 자리를 떠났다.

왜 크리스마스 미사와 크리스마스이브, 크리스마스 아침 같은 날들은 해마다 다시 돌아오는 것인지, 그런 순간들을 모조리 목 졸라 죽이고 싶다. 그날들을 부활절 주간으로 바꿔버리고, 공시대에 매달아버렸으면 좋겠다. 정말이지, 세상 그 무엇보다도 크리스마스와 그에 관련된 행사들, 외출복을 차려입은 아줌마들, 미사를 거드는 여자들, 밖에서 기다리고 서 있는 술 취한 거지들이 꼴 보기 싫다. 그런 거지들이 생기지 않게 하기 위해서라면 교회라도 털고 싶은 심정이었다. 사실 난 뼛속까지 나쁜 놈은 아니다. 그런데 엄마는 예배당 출구로 내 팔을 끌어당기며 어슬렁거리지 마라, 악취가 나잖니, 그러다 벼룩 옮는다 하고 말했다. 악취가 나는 것은 엄마가 잔뜩 뿌린 향수 때문이야, 나는 혼자 생각했다. 그걸 선물 받았을 때 엄마는 그 향수병 하나로 일 년을 버틸 수 있겠다며 안심했고 기뻐서 어쩔 줄 몰라했다. 기뻐하긴 기뻐했지. 아버지가 다음 날 아침이면 분명 양말 속에 또다른 선물을, 이번에는 엄마를 울리지 않을 선물을 넣어둘 거란 생각에 오히려 마음이 놓인 것이겠지만.

교회에서 집으로 걸어올 때면, 엄마는 〈글로리아〉라는 노래를 흥얼댔다. 나는 〈아기 예수 오셨네〉를 불렀으면 했지만, 〈글로리아〉가 끝나고 우리가 계단을 오를 때쯤이면 그 노래가 나오리라는 것을 알고 있었다. 엄마는 내가 공허감에 빠지지 않도록 나를 위해 노래를 불러주었다. 바닥난 설탕통을 알갱이 몇 개라도 건지려고 두드리는 것처럼, 엄마는 그 공허함을 힘차게 흔들어 두세 조각의 삶의 편린이라도 끌어내려 애쓰고 있었다.

예전에 기름진 음식을 먹을 때면 엄마는 술을 마시고 아버지는 땀을 흘렸다. 아버지는 나보다 선물을 적게 받았다. 선물을 받기에는 나이가 너무 들었던 것이다. 그래도 스크래블 게임 판을 아무렇게나 보관했다가 찢어지기라도 하면 짝수 해에 새 스크래블 게임을 선물로 받았다. 그런 날이면 엄마는 새 게임을 개시해보자고 하면서 오늘만은 만사 제쳐둘래, 나중에 치워야지, 지금은 안 할 거야, 어쨌든 오늘은 크리스마스니까, 하고 말했다. 아버지는 엄마에게 술을 먹이는 것도 그리 나쁘지 않다고 생각했다. 나는 내가 알고 있는 단어를 차마 말할 수 없어 게임에서 자주 졌다. 내가 생각한 것들을 말했다면 난 정신과에 보내졌을 것이다. 아마 의사는 그 녀석, **무지 조숙하군** 하고 얘기했겠지. 어떻게 설명해야 할지는 모르겠지만, 그때 나는 내 삶을 스스로 통제해서 다른 누군가가 날 조종하지 못하게 하겠노라 다짐했다. 사람들은 내 어린 시절을 거짓으로 도배했다. 매년 예수가 세상을 구원하기 위해 다시 태어난다고 믿게 했고, 자신들의 수치와 불행의 무게에 짓눌린 부모님은 그게 사실이 되라고 기도했다. 제기랄, 그들은 아무것도 몰랐고 어떤 말을 해야 할지도 몰랐다. 하긴 그 문제에 대해 그들에게 의견을 구한 사람도 없긴 하다.

추억은 나를 고문한다. 다시 말해 추억은 내게 착해지려는 욕망, 늙어빠진 창녀와 죄수가 된 내 부모 때문에 괴로워하고 싶은 욕망을 심어준다. 추억은 다시 내 마음 깊숙한 곳으로 침잠하라고 나를 떠민다. 그곳엔 지나간 날들과 폭력의 흔적들이 남아 있다. 엄마와 가게에 가는 건 무척이나 골치 아픈 일이었다. 가게 문턱에서부터 일은 벌어졌다. 엄마는 문턱을 넘자마자 엉덩이는 너무 크고 허리는 너무 가늘어서 맵시 있게 옷 입기가 힘들다고 주저리주저리 늘어놓았다. 그러네요, 개미허리시네요, 점원이 맞장구를 치면 엄마는, 그래요 이것 좀 봐요 하면서 엉덩이를 톡톡

쳤다. 게다가 상체가 다리에 비해 너무 길어요. 이런 난리법석 끝에 점원과 엄마는 중요한 건 현재 상태에서 어떻게 해보는 것이라는 결론을 내렸다. 점원이 미니스커트를 내밀며 이걸 입으시죠, 딱 어울리시는데요 하고 말할 때면 난 점원의 따귀를 갈겨주고 싶었다. 당신 골반으로는 기적을 바랄 수 없겠어, 그녀는 분명 그렇게 생각하고 있었다. 엄마는 노부인처럼 블라우스 깃을 바싹 세운 채 행여 누군가 자신을 지지해주지 않을까 싶어 거울과 나 사이를 오락가락하며, 점원을 자기편으로 끌어들이려 애썼다. 그러면 점원은, 과감해져야 해요, 지금 나이에 그런 걸 입어보지 않으면 그래, 언제, 언제 입어보려고 그러세요? 하고 대꾸를 했다. 엄마는 실컷 거짓 동조자의 웃음거리가 된 후 넝마 쪼가리와 그에 걸맞은 블라우스 한 벌을 들고 상점을 나섰다. 그것도 아니면 모자 하나라도. 한번은 점원이 엄마에게 모자 하나를 사게 만든 적이 있다. 비비 모자였는데, 엄마는 판매원이 가르쳐준 재키 케네디 식으로 그걸 비스듬히 쓰고 다녔다. 되는대로 괴상망측하게 차리고 나선 엄마를 끌고 나서며 아버지는 웅얼거렸다. 재클린 케네디는 평생 비비 모자를 한 번도 쓰지 않았단 말이야.

그리고 죄수가 된 내 아버지. 왜 그런지 모르겠지만 아버지는 좀 다르다. 한 번도 날 자극한 적이 없다. 행여 내 추억을 오염시킨 적이 있다면 그건 나를 단 두 마디로 머저리 자식이라고 불렀던 것이나 아버지의 지저분한 머리 정도일 것이다. 아버지에 대한 나의 연민은 혐오감으로 바뀌었다. 이제 와서야 알게 된 일이지만, 아버지는 문 닫힌 시장에 서서 죽은 뱀장어들을 보며 군침을 흘리고 있었던 것이다. 당시 나는 그런 사실까지 알고 싶지 않았다. 내 어린 시절은 충분히 불쌍했고, 그로 인해 야기된 불행을 증오했기 때문이었다. 내가 숙제를 끝내고 있는 동안 아버지는 내 침대에서 뒹굴면서 시트 냄새를 맡았다. 나는 육체가 쇠락해간다는 것이 뭔지는 잘 알지 못했지만 시트를 쿵쿵대는 것이 좋은 징조가 아니라는 것쯤은 알고 있었다. 신경쓰지 마라, 그래도 결국 나아진단다, 아버지는 한숨을 내쉬었다. 아버지는 항상 땀을 흘렸고, 숙제가 끝나면 나와 함께 식탁으로 갔다. 그래, 이번 과목은 이해가 잘 되던 안 되던? 엄마는 미리 생각해둔 질문을 던졌다. 그리고 살짝 경련을 일으키며 불편한 심기를 드러냈고, 아버지는 그런 엄마 흉내를 냈다. 두 사람 다 딸꾹질을 하고 트림을 해댔다. 아버지가 발작적으로 엉덩이를 흔들어댈 때마다, 엄마는 사실 그게 무척 섹시하다고 생각하면서도, 엉덩이 좀 가만히 둬, 가만히 좀 있어! 하고 소리를 질렀다. 먹은 게 다시 나올 정도로 배가 찬 다음에도 엄마는 내게 후식이라며 샐러드 접시를 또 내밀었다. 구운 과일 좀 먹으럼, 소화가 잘 되게 하거든. 엄마가 만든 음식을 우리가 다 먹기를 기다리면서, 엄마는 자기 뺨을 쓰다듬었다. 그러다가 털이라도 하나 걸리면, 혀로 볼을 부풀려 엄지와 검지로 그걸 뽑으려고 애를 썼다. 자기 몸을 그냥 내버려두질 않는군, 아버지의 말에 곧바로 그녀의 대답이 돌아왔다. 그래도 이렇게라도 하니까 당신이 날 봐주지.

이제 내게는 로레트가 있다. 그녀는 내가 과거를 지우게 도와줄 것이다. 그런데 그녀가 늦는다, 조금 늦고 있다. 숨쉬고 싶은 생각조차 들지 않지만 나는 자리에서 일어난다. 갈 길이 멀다, 그런 생각이 사그라질 때까지 누워 있고 싶긴 하지만.

역사 수업을 빼먹은 로레트는 내 옆에 앉아 내 필기를 베껴도 되겠느냐고 물었다. 나는 작문을 마치면 바로 초안 잡은 걸 넘겨주겠노라고 했다. 그 대신 함께 카페에 가자고 했다. 그녀로서는 그러자고 할 수밖에 없었다.

정오에 수업을 마친 후, 우리의 점심 약속을 잊고 계단을 뛰어내려가는 로레트를 보았을 때, 내 등골로 찌르르 전율이 흘렀다.

"로레트! 로레트! 당장 돌아와!"

"안 돼, 엄마가 기다리고 있단 말이야!"

나쁜 계집애. 오후 수업을 들으려고 그녀가 다시 학교에 왔을 때, 칠판에 누군가 '로레트는 커닝쟁이'라고 써놓은 게 보였다.

평소처럼 난 당연히 죽일 듯 노려보며, 독사의 혀를 날름거리며 욕할 권리를 누렸다. 나는 내 껍데기 안에 파묻혔다. 하지만 그건 억누를 수 없었고 결코 억눌려지지 않을 것이다, 무지와 에고이즘 말이다. '날 사랑하도록 해'라고 쓴 쪽지를 그녀에게 건넸다. 그녀는 '미안하지만 안 돼'라는 답장을 보내왔다. '왜?' '쪽지 좀 그만 써, 걸리겠다.'

잠을 잘까…… 그래, 이제 다 컸으니, 세상으로 향한 문을 닫고 시간이 흘러가도록 내버려두고 싶었다. 나는 두 손으로 머리를 쥐어싼 채, 언젠가는 그녀가 나와 함께하게 된다는 사실을 받아들이고 그녀가 원하는 게 뭔지 내가 전혀 신경도 쓰지 않는다는 사실을 인정하게 될지 생각했다.

진짜 연인들처럼 그녀와 단둘이 레스토랑에 마주 앉고 싶었다. 안에는 쉬러 온 노동자들, 사이좋은 친구 사이인 두 여자, 그리고 한쪽 구석에는 나이든 남자와 젊은 여자 커플이 있겠지. 남자는 신문을 읽을 것이고, 여자는 뾰로통하고 있을 것이다. 그러면 로레트는 도대체 신문을 읽을 거면 왜 젊은 여자를 끼고 다니는 걸까 궁금해하겠지. 그러다가도, 하긴 지금 데리고 있는 여자를 그대로 데리고 다니는 게 더 나을 거야, 주변에 폐는 덜 끼칠 테니까 하고 생각하겠지. 로레트는 나 같은 사람의 가치를 대번에 알 것이다. 나는 그녀가 식사를 끝내기를 기다렸다가 내 식사를 끝낼 것이다. 내가 시킨 음식을 그녀가 맛보게 허락하겠지만, 그녀의 음식에는 그녀가 좋다고 할 때만 손을 댈 것이다. 그러면 그러라고 하겠지. 그녀가 화장실에서 돌아오면 일어나야지, 일어나서 그녀가 앉도록 도와주고, 매순간 부족한 것은 없는지, 자리는 편안한지 춥지는 않은지 살펴보겠어. 좋아? 하고 물어보면 그녀는 응, 최고로 행복해, 근데 고기가 약간 설익은 것 같아 하고 대답하겠지. 그러면 나는 고기를 다시 주방으로 보내고 그녀에게 미안하다고 사과할 거야. 그러면 그녀가 미소를 띠겠지.

그렇지만 그녀를 미소 짓게 하기 전에 우선 좀 못살게 굴며 다른 여자애, 이를테면, 파트리샤를 식사에 초대해야 했다. 파트리샤는 내가 말을 거는 것이 두려운 듯 가끔 나를 바라보았는데, 매일같이 속으론 겁을 집어먹으면서도 내가 말을 걸어주는 걸 바라는 눈치였다. 어렸을 때 그녀는 장래 자기 남편은 술주정뱅이에다 수염도 제대로 깎지 않는 남자가 될 것이며, 둘 사이에 애가 여덟 명이나 생겨서 자기가 돌봐야 하는 줄 알았다고 했다.
"너, 내일 나랑 밥 먹을래?"
"글쎄…… 원래는……"
"같이 갈래 말래?"

"갈게, 하지만……"

다음 날, 나는 그녀를 카페로 데리고 가 뭘 먹을지 물어보지도 않은 채 내가 먹을 것만 주문했다. 그러자 불쌍한 파트리샤는 빨갛게 얼굴을 붉히며 기어들어가는 목소리로 자기는 계란 프라이를 얹은 비프 햄버거와 햄 샌드위치를 먹겠다는 말을 반복했다. 그러고 나서 그녀는 나중에 내가 뭘 하고 싶은지 물었다.

"의사가 되고 싶어."

"와, 대단하다…… 소아과 의사 아니면 후진국에서 봉사하는 의사?"

"노인과 의사. 노인병 전문의 말이야. 아니면 부인과 의사든지. 그것도 아니면 비뇨기과 의사."

"아, 그래."

"뭐가 그렇다는 거야?"

"그래, 알았다고. 나는 통신 쪽 일을 하고 싶은데, 하지만 아직 그게 어떤 건지 모르겠어."

"따뜻할 때 먹어. 힘이 날 테니까."

"아, 그래."

그녀는 미소를 지었다. 나는 신문을 펼쳐들고 한참을 끌었다. 그리고 그녀가 식사를 끝내기를 기다리며 이를 쑤셨다. 그러고 나서 한숨을 쉬며 커피를 주문했다. 그녀가 식사를 너무 오래 끌어서였다. 그녀는 부끄러워하며 씹는 데 시간이 너무 많이 걸려 미안하다고 했다. 나는 어깨만 으쓱했다.

다시 학교로 돌아왔다. 로레트가 오는 걸 보자마자 나는 파트리샤를 나무에 밀어붙이고 키스를 했다. 로레트에게 신경을 쏟아보았자 소용이 없었다. 입 안에 파트리샤의 침이 느껴지자 비프 햄버거에 얹혀 있던 계란 흰자가 자꾸 생각났다. 내가 입술을 떼자, 이번엔 그녀 쪽에서 내게 찰싹 달라붙었다. 그녀는 행복해 보였다. 사랑의 수증기에 발갛게 달아오른 새끼돼지처럼. 그녀는 내 손을 붙잡고 운동장 그늘 아래로 들어가려 했지만, 난 손을 뿌리쳤다. 대신 로레트를 찾아 두리번거렸다. 교실로 들어가자, 파트리샤가 내 옆에 앉았다. 그녀는 사탕을 빨고 있었는데, 쪽쪽거리는 소리가 견딜 수 없었다. 로레트는 우리 뒷자리에 앉았다. 나는 파트리샤의 허벅지 위에 손을 얹었다. 파트리샤는 사탕 빠는 것을 멈추더니 다시 빨간 사탕이 되어버렸다.

뒷자리에 앉은 로레트가 질투로 미칠 지경이 되었다는 걸 나는 잘 알고 있었다. 그녀는 내 손이 파트리샤의 허벅지로 가는 것을 빤히 지켜보았고, 그 효과로 난생 처음 팬티 속에 다른 사람의 손이 침입하게 내버려둔 소녀의 얼굴이 벌겋게 달아오르는 모습을 보게 되었다. 나는 여전히 비프 햄버거 생각이 났고 토하고 싶은 마음이 굴뚝같았다.

수업이 끝나자 로레트가 다가와 파트리샤를 밀쳐내더니 내 귀에 대고 속삭였다.

"다음번에는 손을 잡아."

그러고는 식사 후 잔돈도 받지 않고 가는 아이처럼 잽싸게 사라졌다. 마침내 나는 파트리샤를 떨쳐버릴 수 있었다.

"잘 가, 안녕."

"같이 갈래?"

"싫어."

파트리샤는 열 걸음쯤 뒤에서 넋이 나간 채 따라왔다. 그녀는 또래들이 보는 잡지의 연애상담 기사에서 봤던 내용들을 떠올리고 있을 것이다. 그런 기사에는 남자애들이 사랑을 끝내면 일종의 휴지기를 가지게 되는데, 그 시기에는 종종 투덜대는 모습을 보인다고 설명이 되어 있을 것이다. 그녀는 내가 성적으로 흥분해서 기분이 안 좋은 거라고 여겼고, 깨끗이 샤워를 해서 더 좋은 냄새를 풍겨야겠다고 생각하고 달려갔다.

엄마와 만났다. 뭔가 어긋나고 있다는 느낌이 들었다. 엄마가 말했다.

"말도 안 되는 일이야! 빨리 달린다거나 공을 잘 친다고 메달을 받는 멍청한 놈들이 있는가 하면 다른 한쪽에는 목숨을 잃는 소방관들, 정말이지 아무것도 받는 것 없는 소방관들이 있다니! 눈물 나는 일이지. 안 그러니? 너도 알겠지? 그들은 프랑스를 위해 죽어가는 거야, 프랑스가 불길에 휩싸여 있으니까. 이 엄마 말이 맞지? 불을 지르는 멍청한 놈들을 위해 자신의 생명을 바치는 거라고. 그런데 아무것도, 정말 아무 대가도 없어. 장례식 때 나팔을 불어주는 게 다야. 그러곤 금세 잊혀지지. 그런데 반대로 배우나 운동선수나 부자들을 봐. 그런 일이 있으면 명예를 얻잖니. 그런 거지. 정말이지 역겹다니까. 절대 메달을 받지 마라. 알았니? 그런 짓을 하지 말란 말이다."

"무슨 일 있어요? 오늘 기분 나쁜 일이라도 있었어요?"

"네 아빠를 만났다."

"그래서요?"

"곧 나온단다."

"아, 그래요?"

"그래, 네 아빠가 그애를 죽이지 않았다더라."

"그럼 누가 죽였대요?"

"그 사람들이야 모르지. 하지만 네 아빠는 출소한단다. 나도 어떻게 해야 할지 모르겠다. 나와서 직장도 없이 그저 내 주위만 맴돌 텐데. 이젠 나도 익숙하지가 않아. 네 아빠 없이 혼자서 꾸려온 게 칠 년째잖니."

"그럼 호텔에 묵으면 되잖아요."

"그 돈은 누가 대니? 말도 안 되는 소리……"

"손님이요."

엄마의 절망이란 얼마나 가슴 아픈 것인지! 당신의 일을 감추려고 그토록 애를 썼던 엄마는 아들이 이미 알고 있다는 사실을 알게 되었다. 엄마는 내게 쓰러지듯 몸을 던지며 용서를 구했다. 그리고 내 유년시절에 대한 이야기를 꺼냈다. 네가 어릴 때 내가 널 어떻게 대했는지, 가엾은 것, 가엾은 것…… 나는 엄마를 눕히고 그 곁에 나란히 누워 엄마가 울음을 그치고 잠들기를 기다렸다. 그리고 또다시 여우 모피를 입은 엄마를 떠올렸다. 사랑을 나누느라 닳아버린, 더럽기는 했지만 바보 같지는 않은 잠옷을 입은 지금의 모습이 더 낫다는 생각엔 변함이 없었다. 이제 엄마는 마음에 들지 않는 일이 있어도 턱을 안쪽으로 당기지 않았고, 스크래블 게임을 할 기력도 없었다. 빵 부스러기를 바닥에 질질 흘리

106

고 다녀도 굳이 엎드려 주우려 하지 않았다. 이미 고객들을 위해서 신물나게 엎드렸다. 엄마에게 바짝 붙어 있으니 편안한 느낌이었다. 나는 로레트를 떠올렸다. 그때 전화벨이 울렸다. 파트리샤였다.

"어떻게 우리집 전화번호를 알아냈지?"

"학교 전화번호부에서. 혹시 내가 방해한 건 아니지?"

"방해한 거 맞아."

"미안해."

"무슨 일인데?"

"널 안고 싶어서. 그리고 아까 그게…… 정말 좋았다고 말하고 싶어서."

"고마워. 잘 자."

나는 다시 누워서 엄마 몸에 기댔다. 한밤중에 엄마는 잠이 깨어 내게 말했다.

"아빠가 나오면 그 여자는 어떻게 해야 할까?"

"마담 엑스 말이야?"

"그래."

"함께 데리고 살지."

"그래, 그렇게 하면 아빠가 떠나진 않겠구나. 그게 좋겠다."

"그래요, 엄마. 걱정하지 마. 엄마를 도와 청소라도 하겠지.

예전처럼 엄마가 아버지와 평안하게 잘 지내도록 그 여자는 내 방에서 지내게 할게."

"그럼 네 공부에도 좋겠다. 그 여자 실력이 그렇게 나쁘지는 않을 테니까. 네 아빠가 형편없는 여자를 골랐을 리는 없겠고. 잘됐다. 마음이 놓이는구나, 마음이 놓여."

아버지의 귀가는 정말 지긋지긋했다. 그 짐승은 그릇 소리만 들려도 바닥을 기었고, 하루 온종일 손톱을 물어뜯었다. 그리고 헤드폰으로 자신을 버린 바르바라 푸레의 노래를 듣기도 했는데, 그녀 역시, 정의와 마찬가지로 그를 저버렸다. 어느 날인가부터 그녀는 아버지에게 답장을 하지 않았다. 아버지가 왜 답이 없는 거냐고 다그쳤더니 그녀는 아버지를 돼지 취급했다. 아버지는 그녀가 갑자기 왜 그러는지 궁금했다. 때로 아버지는 발가벗고 창문 앞에 서 있었는데, 엄마 말로는 자유를 좀더 만끽하기 위해서란다. 하고 싶은 대로 내버려두려무나. 저 짓거리를 한다고 해서 우리가 이웃과 더 나빠질 것도 없으니. 아닌 게 아니라 아버지의 수감, 매춘, 신체 노출로 인해 우리는 여러 번 사람들에게서 따돌림을 당했다. 마지막 노출 건은 아파트 관리인 여자가 엄마를 나쁘게 말하는 걸 듣고 화가 나서 내가 엉덩이를 까보였던 일이다.

어느 날인가 엄마는 이제 더는 못 견딘다는 듯이, 나에게 아버지를 데리고 에델바이스 요양원으로 가라고 했다. 거기서 그 망할 년을 보고 원기라도 되찾았으면 해서였다. 아버지라는 짐승은 발을 질질 끌며 걸었고, 쇼윈도 앞에 멈춰 서서 코를 박거나 손가락으로 벽에 줄을 그어가며 가느라 자꾸만 걸음이 지체되는 바람에 나는 기다려야 했다. 아버지가 가까이 오면 나는 빨리 가자고 말하고 다시 돌아서서 걸었다. 아버지는 잠시 속도를 내는 듯하다가 또다시 사람들 틈바구니에서 나를 놓쳤다. 아버지의 손을 잡아주어야 했다. 그래서 요양원에 들어섰을 때, 혹시 우릴 호모로 보지나 않을까 우려가 됐다. 마담 엑스를 다시 만나자, 아버지는 옛 친구를 만난 듯 목을 껴안는 묘한 제스처를 취했다. 그녀는 비명을 지르지도 않았고, 무표정하게 아버지를 바라보며 손가락만 셌다. 그리고 나처럼 아버지도 그녀와 함께 손가락을 세기 시작했다.

나는 그들이 죽음으로 한데 엮여 그곳에 함께 머무는 것이 최선이라고 생각했다. 만일 요양소에서 내 아버지를 받아준다면,

두 사람은 종말을 맞을 때까지 그들만의 세상에서 살게 될 텐데. 자기만의 세상이라는 건 누구나 꿈꾸는 것 아니던가? 나는 아버지를 내버려두고 혼자 가버리려고 했다. 아버지는 내가 없어졌다는 걸 모를 것이고 요양원측도 결국 아버지를 받아들일 것이었다. 그러나 아버지가 쫓아와 내 손을 잡았다.

"이제 우리 어디로 가지?"

"집에. 집으로 돌아가는 거야."

나는 아버지를 어린아이 취급했다. 아버지가 눈을 들어 나를 보았다. 나는 그보다 키가 더 컸다. 아버지는 바보처럼 내게 미소를 지어 보이곤 내 반응을 살피며 손가락으로 날 간질였다. 집으로 가는 길목으로 접어들자, 아버지는 깡충깡충 뛰기 시작했다. 엄마가 창가에서 우릴 기다리고 있었고, 아버지는 나 여기 있어 하고 소리치며 두 팔을 흔들었다.

나는 엄마 역시 머릿속으로 아버지에 대한 계획을 세우고 있다는 걸 알아챘다. 엄마는 아버지를 진찰한 의사들이 설마 그냥 아버지를 보내도 될까 고심하기를 바랐다. 운만 좀 따르면 아버지도 그 여자와 함께 남을 필요성을 느끼지 않을까 생각하기도 했다. 그렇지만 이제 아버지에게는 감정이란 조금도 남아 있지 않았다. 그저 감각에 따라 움직일 뿐. 당신이 배 고픈지 아니면 목 마른지는 알 수 있었지만, 그저 그뿐이었다. 나는 아버지에게 약간의 사랑을 불어넣어주는 건 어떨까 생각해보았다. 하지만 아버지는 이전보다 더 정상이었다. 사랑이란 구걸해서 되는 것이 아니라 우연한 선의에 따라 살포시 자리잡는다는 걸 깨달은 것이었다.

파트리샤에겐 부자 부모가 있어서, 나는 회사를 하나 차려준다는 조건으로 그녀와 결혼하기로 했다. 그들은 도심에 있는 아파트도 한 채 사주었는데, 로레트의 집 맞은편에 위치해 있었다. 로레트는 아직도 자기 부모 집에서 천하태평의 젊은 여대생처럼 살고 있었다.

　우리의 결혼식은 상당히 조촐했다. 파트리샤는 나와 일생을 함께한다는 것에 행복해했고, 나는 그녀가 경영하는 통신회사를 내 마음대로 할 수 있어서 좋았다. 나는 그녀가 매사를 아주 잘 처리하므로 그녀의 말을 따르겠다고 했다. 내 칭찬에 그녀는 좋아서 어쩔 줄 몰라했다. 혹시라도 그녀가 장인 장모에게 내가 아무 짓도 안 하고 빈둥댄다는 말을 할까봐 가끔 선물을 챙겼다.
나는 태국산 실크 스카프를 파는 도매상을 찾아내어 별 것도 아
닌 물건들을 세 배나 비싸게 주고 샀다. 그런 다음 여기저기서
구한 고급스런 포장상자에 넣어 그녀가 명품이라고 믿게 만들
었다.

이따금씩 얼굴이라도 비칠 셈으로 지하철을 타고 사무실까지
가기도 했다. 나는 열차 칸을 돌아다니는 집시 무리들을 좋아했
다. 돈을 주지 않으려고, 그들이 노래를 시작하면 머리가 아픈
시늉을 하고, 발로 박자를 맞추지 않도록 애쓰긴 하지만 말이
다. 그래도 내 발가락은 신발 속에 숨어 꼼지락거리며 박자를 맞
췄다.

나는 사람들의 얼굴을 바라보았다. 로레트와 닮은 여자를 찾
아보기 위해서였다. 하지만 헛수고였다. 심지어 비슷한 분위기
를 띤 여자조차 없었다. 우연히 그녀와 마주쳤으면 바랐지만 그
런 일은 일어나지 않았다. 가끔은 그녀 집 아래서 기다리기도 했
다. 나를 본 그녀는 발길을 돌리거나, 근처 빵집으로 들어가 진
열창 너머에서 엿보고 있다가 내가 없는 걸 확인한 후에야 나왔
다. 그러는 그녀는 꼭 수녀 같았다. 어느 날인가, 나는 꼼짝도 않
고 지키고 서 있기로 마음먹었다. 빵집이 문을 닫을 때가 되자
그녀는 여주인을 대동하고 자기 집 앞까지 갔다. 여주인은 나를

보고 한숨을 내쉬었다. 사연은 알 수 없지만 저 아가씨는 그대로 내 버려두는 것이 좋겠어요.

빵집 여주인이 일러바칠까봐, 나는 아내에게 이제부터 다이 어트를 하는 게 어떻겠냐고, 빵은 끊고 설탕과 소금이 안 들어 간 갈레트만 먹으라고 했다. 내가 건강을 걱정해주는 거라 생각 한 모양인지 파트리샤는 잔뜩 감동해서 정말 멋진 아이디어라 고 했다.

파트리샤가 못생긴 것은 아니었다. 하지만 나는 몇 가지 엄격 한 규칙을 세웠고 그녀는 착한 아내로서 그것을 따랐다. 키스는 내가 요구할 때만 하되, 입술에는 안 된다. 나는 로레트가 결심 을 할 때까지 내 입술을 순결하게 남겨두고 싶었다. 이따금 파트 리샤가 내 입술을 탐할 때면 나는 안 돼, 라는 한 마디만 했다. 그녀는 고집을 부려봤자 별수 없다는 것을 바로 알아차렸다. 우 리는 저녁식사 후에 스크래블 게임을 하기도 했다. 게임 도중에 그녀가 개인적인 일이나 속내 얘기를 하려고 하면, 나는 고개를 돌리고 대답하지 않았다. 그러면 그녀는 시사 문제로 화제를 돌 렸고, 나는 텔레비전에서 봐서 벌써 알고 있노라고 어물거렸다. 입 좀 다물고 있었으면 하는 생각이 들었지만, 그녀의 하루 일과 를 공유할 필요는 있었다. 고객 이름을 몇 개라도 주워들어두면,

처갓집에 갔을 때 체면을 세우기가 좋았다. 나는 고기값이 너무 비싸니 친구들을 집에 초대하지 말라는 규칙도 정했다.

"당신만 좋다면 생선 요리를 할 수도 있는데……"

"안 돼, 마찬가지야. 그럼 굴은 왜 안 되겠어?"

"원한다면 면류로 할 수도 있고……"

"그거야 그렇지. 하지만 디저트를 만들어야 하잖아. 디저트 생각은 해봤어?"

"아니."

"그럴 줄 알았어…… 그런데 친구가 있긴 해?"

그녀는 친구라면 정신을 못 차렸다. 전화를 걸어주고 집에도 찾아오는 사람들이 있다는 게 무슨 특권인 줄 아는 모양이었다. 그녀의 꿈은 사람들을 불러 퐁뒤* 파티를 여는 것이었다. 라클레트** 기계를 하나 장만하는 것도 꿈이었다. 그녀는 재미있는 이야기로 사람들의 귀를 즐겁게 해주는 걸 좋아했다. 나는 우정이 평생 간다면서 그녀를 설득시키려고 애썼다. 그게 얼마나 에너지 낭비야, 얼마나 진을 빼는 일이냐고, 게다가 애들이 생기면 대부 노릇도 해줘야 하고 말이야, 알아? 파트리샤, 그건 끔찍한 일이

* 치즈를 녹여 여러 가지에 찍어 먹는 요리.
** 퐁뒤와 마찬가지로 치즈를 녹여 빵, 감자, 고기 등에 얹어 먹는 요리.

야. 우리 둘이서만 살자, 친구들은 필요 없어. 그녀가 고집을 부리지 않도록, 내가 저축을 하는 것도 다 그녀에게 예쁜 스카프를 사주기 위해서라고 말했다. 내 말에 그녀는 얼굴이 발그레해서 처음 만났던 날처럼 내 몸에 기대며 녹아들었다. 나는 그녀의 목을 가볍게 조르며 둘이 있는 게 싫어? 하고 물었다.

사실 난 로레트와 함께 살려고 딴 주머니를 차고 있었다. 가계 지출은 내가 맡고 있었고, 설령 파트리샤가 뭔가 알아차렸다 해도 난 그녀의 선물을 사느라 돈을 모을 새가 없다고 말했을 것이다. 그러면 그녀는 내 입술에 키스를 하려고 애쓰면서, 적당히 해 여보, 내가 그럴 자격이 없다는 거 잘 알잖아 하고 중얼거렸을 테지.

"그래…… 애는?"
어느 날 처갓집에 저녁을 먹으러 가니 장인이 물었다.
"오늘내일 하는 거야?"
파트리샤는 발끝만 뚫어져라 바라보았다. 내가 대신 대답했다.
"애는 갖지 않을 생각입니다. 둘만 있는 게 너무 행복해서 그걸 깨고 싶지 않아요."
"어쨌든 당장은 아니에요."

파트리샤가 덧붙였다.

"그렇다면야. 알았다."

"하지만 여보, 그래도…… 아기를 갖는 건 행복한 거란다, 애야."

"그렇기야 하죠. 하지만 그러기엔 행복이란 게 너무도 부서지기 쉬운 거라서."

"자, 자, 너무 이상주의자가 되지는 말자꾸나. 둘이 오붓하게 지내려는 걸 이해 못 하는 건 아니지만, 여자란 모름지기 애를 낳아야 하는 게야."

장모가 말했다.

"집사람에겐 제가 있습니다. 그리고 전 아이를 만들 수 없다고 하더군요."

"뭐라고?"

"임신을 시킬 수 없다고요. 검사도 받아봤어요."

"이제 그만해."

파트리샤가 내 손등을 쳤다.

"뭐라고? 내 말이 웃겨? 내 몸에서 나오는 건 그냥 물이라고, 물. 물로 애를 만드는 건 불가능한 일이야."

"그만하라니까. 듣기 좋은 말도 아니잖아."

파트리샤가 내 손을 잡았다. 장인 장모는 눈살을 찌푸리더니 식탁으로 옮길 때까지 입을 열지 않았고, 멍청한 장인은 자기도 모르게 잔을 들어 후세를 위해 건배했다. 나는 일부러 장모에게 세게 잔을 부딪쳐 깨버렸고, 장모는 괜찮아 괜찮아 하면서 유리 조각을 주웠다. 나는 배신자 같은 마누라가 얼굴이 빨개져서는 괜찮긴, 그래도 생 루이에서 생산한 고급제품인데 하고 대답하는 걸 눈여겨보았다. 두고 보자. 일단 집에 가면 뺨따귀부터 갈겨줘 야지. 그다음엔 두들겨 패고. 그래, 어떻게 쥐어터질지 보라고! 피를 수습하려면 있는 스카프를 모두 써도 부족할걸.

파트리샤는 너무 말이 많았다는 걸 알아채고 스스로 입을 다 물었다. 그리고 내가 회사 얘기를 꺼내도록 내버려두었다. 내가 고객과 은행가의 이름을 바꿔 말하고, 컴퓨터 소프트웨어 이름 을 틀리게 말해도 잠자코 있었다. 장모는 아무리 그래도 너무 일 에만 몰두하지 말라고, 시간을 내서 어린 아내에게 신경 좀 써주 라고 했다. 나는 아내 역시 일을 조금 한다고 대답했다. 그리고 내 어머니께서 말씀하신 대로 일이 바로 건강이라고 덧붙였다.

"말이 나왔으니 하는 말인데, 자네 부모님은 어떠신가?"

"잘 지내십니다. 건강하시죠."

내 부모는 결혼식 날 얼굴을 내밀곤 그 이후로 한 번도 모습을 보이지 않았다. 둘은 희한하게도 얌전히 처신했는데, 식이 진행

되는 내내 완전히 지워진 존재들이었다. 우리 쪽에서는 아무도 초대하지 않았다. 하긴 초대할 사람도 없었지만, 그래도 가게 주인이나 주치의를 초대하는 시늉이라도 할 수 있었을 것이다. 하지만 우리는 정직하고 싶었고, 사회와 아무 교류도 없는 내 부모만이 참석해서 나를 제단으로 이끌었다. 주렁주렁 버찌를 단 노란 모자를 쓴 엄마의 모습이 기억난다. 모자에 버찌를 다는 건 아버지가 도와주었다. 엄마는 정장 차림을 한 안사돈을 바라보며 **사돈어른, 참 멋지시군요** 하고 말을 건넸다. 그렇게 파트리샤의 엄마를 귀부인에서 바닥으로 끌어내리자, 상대방도 댁도 역시, **종 모양 모자가 참 독특하군요** 하고 대답했다.

아버지들도 악수를 나누었다. 여전히 뭘 어찌해야 할지 모르던 아버지는 엄마 모자에 달린 버찌를 따 먹었다. 기겁한 장인은 자기 딸이 오는 것도 기다리지 않고 그대로 교회 안으로 내뺐다. 그 일로 난 아버지가 좋아졌다.

그때 그들 넷이 앞으로도 결코 친해지지 않으리라는 걸 나는 직감했다. 아버지가 일요일에 열린 사냥에 당신 자신도 의식하지 못한 채 참석하지 않은 건 아버지에게 잘된 일이었다. 엄마는 그다지 수치스러워하지 않았다. 어쨌건 예전 같지 않은 모습이었다. 이전 같았으면 그런 일로 울음을 터뜨렸을 텐데, 울지도 않고 상냥하게, 그것도 애정이 물씬 밴 형언할 길 없는 시선으로 아버지를 바라보았다. 말하진 않았지만 아마도 엄마는 버찌를 달지 않은 원래의 모자를 더 좋아했을 것이다.

그날 엄마는 날 힘들게 하지 않았고, 정상적으로 흘러가지 않는 그 상황을 견뎌냈다. 예전 같았으면, 분명 예전이었다면 분한 마음을 품거나 수치심과 절망감을 견디지 못하고, 자신이 꿈꿔왔던 것과는 완전히 다른 인생에 대해 주절댔을 것이다.

지지리도 말을 안 듣던 파트리샤는 결국 임신하고 말았다. 사무실에서 돌아오더니 그녀는 내게 바람이라도 쐬자고 했다. 내가 바쁘다고 했는데도, 딱 한 번만, 제발, 회사에서 잠시도 못 쉬었어 하며 자기를 따라오라고 애원하는 것이었다.

"중간에 최소한 휴식 시간은 가졌어야 하는 거 아냐? 파트리샤?"

"아니, 그냥 당신이 보고 싶어서 그래."

거리로 나서자, 그녀는 내 팔짱을 끼고 장난감 가게로 이끌었다. 그녀는 나보고 곰을 한 마리 고르라고 했다. 그녀가 살 생각인 것 같아서 난 열쇠고리로 만든 작은 곰을 골랐다.

"정말 이걸로 할 거야? 좀 작지 않아?"

그녀가 물었다.

"그래도 실용적이잖아."

"그럼 그 고리는?"

"고리가 어때서?"

"고리에 다칠 수도 있잖아."

"없애버리면 되지."

그녀는 공원 카페로 나를 끌고 가 앉으면서 자기 옆 자리에 그 곰을 놓았다.

"뭐 마실래?"

"여보, 커피 한 잔 시켜줘. 아냐. 커피는 안 돼. 생수가 좋겠다."

나는 그녀가 생수를 시키는 게 싫었다. 그래서 커피 한 잔과 그냥 물 한 잔을 주문했다.

"이름을 뭐로 할까?"

그녀가 물었다.

"누구 이름?"

"곰 말이야."

"모르겠는데, 콜라르골. 아니면 누누르스*."

---

* 곰인형을 가리키는 프랑스어.

"아냐, 그것 말고……"

"알았어. 파트리샤…… 난쟁이 털북숭이 곰 산책 시키자고 사무실을 비운 건 아니겠지?"

"난쟁이라고 하지 마. 불행을 가져올지 몰라."

"누구에게?"

"아이에게. 나 임신했어."

나는 잠자코 커피를 마셨다. 그녀는 수심에 잠긴 듯 애원하는 눈길로 날 바라보고 있었다. 나는 연극을 하기로 작정하고 그녀의 손을 잡았다. 거추장스러운 짐을 떨쳐버릴 수 있는 시간이 아직 아홉 달이나 있었다.

"예정일이 언제야?"

"일곱 달 남았어. 기뻐?"

"무척이나."

"정말? 오, 여보……"

"오늘 사무실로 다시 들어가지 않아도 되지?"

"그럼. 내일 가면 되지. 서류들이야 기다려줄 수 있을 테니까."

"그래도 조심해. 애가 태어나는 순간 회사가 망해서는 안 되니까. 해이해져서는 안 돼."

"물론이지. 당신 말이 옳아. 자…… 돌아가요. 사랑을 나누고 싶어."

　내 계획은 저절로 시동이 걸렸다. 계단에서 그녀는 내 다리에
몸을 비비기 시작했다.

　"그만 해, 파트리샤. 내 다리가 몸긁개도 아니고. 섹스는 안
할 거야. 애한테 안 좋을 테니까."

　"그래? 하지만 내가 읽은 바로는……"

　"당신이 뭘 읽었건 마찬가지야. 파트리샤, 임신중에는 성관계
는 갖지 않는 법이야. 태아의 정신적 외상에 대해 생각해본 적
있어?"

　"하지만 사랑해서인데……"

　"아냐, 추접한 거야. 역겹고. 대신 당신은 날 만져도 돼, 아이
는 아무것도 느끼지 못할 테니까. 그게 불편하고 고통스러운 것
이 될지 아닐지는 하느님만 아시겠지만, 파트리샤, 나의 사랑스
런 파트리샤, 난 이제 당신을 건드리지 않을 거야."

　"아이에게 좋다면야."

　그녀는 쪼그리고 앉으며 말했다.

　나는 속으로 생각했다. 그녀가 나를 더 챙겨주지 않아 신경이
예민해진 것처럼 연기해야지. 내가 내킬 때마다 교활하게 행동
한다는 걸 그녀가 어떻게 알겠는가? 나는, 당연히 무의식적으

로, 장차 태어날 아이를 질투하는 척할 것이다. 때때로 불만에 찬 표정으로 구석에 처박히기도 하고, 전동 장난감 기차를 사달라고도 하고, 간식거리를 마련해달라고도 할 것이다. 몸을 웅크린 채 그녀에게 기대고, 또 그녀가 목욕할 때 욕조에 들어가 손가락으로 배를 건드리며 나 여기에 있고 싶어라고 말할 것이다. 그녀는 자기 엄마에게 그 사실을 얘기할 것이고, 그러면 치료를 받게 하라는 답이 돌아오겠지. 하지만 난 모든 해결책을 거부하고 차츰차츰 우울증에 빠져들 것이다. 그녀는 나를 잃게 되느니 차라리 낙태를 감행할 것이다. 그리고 병원으로 가면서 내게 말하겠지. 나중에, 나중에 다시 시도해봐요, 아직 당신이 준비가 안 된 것 같으니. 매트리스를 갈면 난 그 위에 규칙적으로 오줌을 쌀 것이다. 장모가 장인에게 말하겠지. 생각 좀 해봐요, 샘난 어린애처럼 사위가 다시 침대에 오줌을 싼답디다. 그러면 손에 죽은 들오리의 목을 쥐고 있던 장인은 어깨를 으쓱하고는 털을 뽑으라며 장모에게 오리를 건넬 것이다.

그 소식을 로레트에게 알릴 필요가 있었다. 내가 아버지가 된다고 상상하면 어쩌면 그녀가 나에게 품고 있던 생각을 바꿀지도 모르는 일이니까. 나는 그녀를 따라 사회과학대학에 등록했다. 단과대학 강의실 의자에 앉으면 혹시 안정을 찾을 수 있을지

몰랐다. 파트리샤에게는 다시 공부를 해보고 싶다고, 두 사람 몫
의 일을 너무나 잘해내는 그녀가 재능을 맘껏 발휘할 수 있게 내
버려둘 생각이라고 얘기해두었다. 직장에서까지 남편의 구속을
느끼지 않는다는 것이 여자에게는 참 좋은 일이라고도 했다. 마
지막으로 그녀가 너무 자랑스럽다고 말해주었다. 그녀의 부모
앞에서 혹시 뭐라고 해야 할지 걱정이 된다면, 내가 경제학 석사
과정을 시작했노라고 말하기만 하면 된다고 했다. 어느 누구도
내가 로레트 가까이에 앉기 위해 4학년 강의를 듣는다는 생각은
하지 못하리라.

강의실 의자가 딱딱한들 어떠랴. 대형 강의실 뒷자리에 앉아 있으면 나는 행복했다. 마치 그렇게 하는 것이 교양 있고 똑똑해지는 길이라도 되는 듯, 노트에 고개를 파묻고 교수가 말하는 것을 받아 적는 로레트의 우아하고도 성실한 목덜미를 바라보면서. 교육만 제대로 시킨다면 그녀를 의학 세미나 같은 곳에도 데려갈 수 있을 테고, 그녀는 멍청한 이야기를 지껄여 나를 부끄럽게 하지도 않을 것이다. 그녀의 양옆에는 금발과 밤색 머리칼을 한 깔끔하게 생긴 두 남학생이 앉아 있었다. 녀석들은 저마다 채 받아적지 못한 한두 마디를 베껴 쓰려고 수시로 그녀에게 몸을 기울였다. 그녀는 그들이 그렇게 하도록 내버려두었는데, 강의를 쫓아가는 사람이 자기 혼자라는 생각에 분명 우쭐했을 것이다. 나 역시 강의야 놓치지 않고 따라가긴 했지만 필기를 하진 않았다. 그래서 가끔 집에서 과제를 몇 페이지 써야 할 때는 학생들이 여기저기 버리고 간 노트들을 줍느라 네 발로 기기도 했다.

아침마다 파트리샤는 내가 부모님에게 말씀드렸는지 확인했다.

"애가 생긴 것 얘기했어?"

"존댓말 좀 쓰지."

"뭐라고?"

"아냐. 말 안 했어. 그 양반들이 할아버지 할머니가 되고 싶어한다고 생각해? 아직 그럴 때도 아닌데 벌써 늙어버리는 거잖아. 그 양반들을 죽이고 싶은 거야 뭐야?"

"하지만, 여보…… 기뻐하시지 않을까?"

"몰라. 자, 일하러 가, 늦었어."

파트리샤 같은 여자를 아내로 둔 것은 여러 모로 편했다. 아침에 출근 준비를 하면서도 그녀는 시계를 보며 오 이런, 이렇다니까, 오늘은 게으름을 피웠네 하고 더 일찍 사무실에 나갈 생각을 못 한 게 미안하다는 듯이 웃음을 지었다. 물론 배가 무거우니되는 일이야 아무것도 없겠지만 내겐 아무래도 상관없었다. 난 그녀에게 손을 대지 않았고, 설령 그녀 쪽에서 다가온다 해도 자신이 받을 것이라곤 고작 콧잔등을 쓸어준다거나 이마에 입맞춤

130

하는 정도일 거라는 걸 알고 있었으니까. 그 이상 바라지 않았기에 그녀도 그저 가볍게 다가왔다. 어쨌거나 우린 잘 맞았다.

그녀가 기진맥진해서 징징거리기 시작한 그날 저녁까지는 말이다.

"더는 못 하겠어. 일이 너무 많은데, 좀 도와줄 수 있잖아. 돈은 내가 버는데, 집 안 청소도 해야지, 저녁도 지어야 하고."

"그럼 스카프는 뭐야? 설마 내가 당신에게 신경을 안 쓴다는 거야?"

"아냐, 당연히 아니지. 하지만 봐, 스카프는 옷장에 잔뜩 있어. 내가 원하는 건 당신도 알다시피 마음으로 신경써주는 거야. 사랑한다는 증거 말이야."

사랑의 증거라는 그 한 마디에서 장모의 냄새가 물씬 풍겼다. 나는 그녀 앞에 무릎을 꿇고 행여 내가 어떤 방식으로든 그녀를 불행하게 했다면 따귀를 갈기거나 벌을 달라고 했다. 그녀는 어안이 벙벙해서 불안한 기색으로 나를 내려다보았다. 그 얼굴이 마치 개복치 같았다.

"아냐. 내 말은 그게 아니야. 난 당신과 있으면 행복해. 다만 최소한 집안일만이라도 도와달라는 것뿐이야."

"내가 진공청소기 돌릴까?"

"응."

"욕실 청소도 하고?"

"응."

"다림질도?"

"아냐. 그건 저녁에 텔레비전 보면서 내가 할 수 있어. 그렇지만 청소는……"

"내가 하지. 그런데 당신도 알겠지만 학교도 다녀야 하고 내 환자들까지 보려면 시간이 많이 나지는 않아."

"당신 환자들?"

"그래. 내가 언젠가 의사가 될 거라는 거 잊지 마."

"아. 사회과학부보다는 의학부에 등록을 해야 했는데, 안 그래?"

나는 그녀 말을 고스란히 흉내 내어 반복했다. 그녀는 내게 이해해줘서 고맙다고 말한 다음 자러 들어갔다. 나는 세정제 사용법을 읽어본 후 욕실을 닦았다. 하지만 행구지는 않았다. 다음날 그녀가 물 한 번 뿌리면 될 일이었다. 전혀 피곤한 일이 아니다. 아침에 일어난 그녀는 독한 세정제 냄새에 머리가 지끈거린다며 나보고 환기를 도와달라고 했다. 그리고 이제 집 안 어디에도 손대지 말라는 말도 했다. 니중에는 사무실에서 전화를 걸어 주당 몇 시간만이라도 파출부를 쓸 수 있게 해달라고 해서, 나는 생각해보겠다고 대답했다.

나는 욕조에 몸을 담근 채 생각에 잠겼다. 복도에 호의에 찬 파출부의 발소리가 들리는 걸 내가 참을 수 있을까? 그녀가 양파 냄새 나는 손으로 내 소지품을 정리하는 걸 견딜 수 있을까? 파출부가 올 때마다 직접 문을 열어줄 마음이 생길 것인가, 아니면 열쇠를 따로 주어야 할까? 그녀에게 열쇠를 준 다음 과연 잠을 이룰 수 있을까? 내가 전혀 알지도 못하는 여자가 나를 살해하려고 누군가를 데리고 무장한 채 내 방에 들어와 나를 죽일지도 모르는데? 그런 여자가 방 밖에서 어슬렁거리고 다닌다는 사실을 알면서도 나는 잠을 이룰 수 있을까?

결국 나는 내가 직접 고른다면 한 번 고용해보는 것도 좋겠다는 생각이 들었다. 나는 아내에게 전화를 걸어 내 결정을 알렸다. 너무 예쁜 여자를 고르진 말아요, 파트리샤가 말했다. 미처 그것까진 생각도 못했는데.

그 여자의 이름은 나탈리였지만, 그녀를 고용하면서 나는 우리 집에서는 리라라고 부르겠다고 말했다. 그녀의 얼굴은 여드름투성이였다. 나는 파트리샤에게 치료용 연고를 좀 빌려주라고 했지만, 그녀는 좀체 말을 듣지 않았다. 나는 그녀의 부모가 내게 크리스마스 선물로 준, 내 머리맡을 차지하고 있는 라루스 의학사전의 포도상구균 사진을 들이밀었다. 단순한 여드름이 종기로 발전할 수 있다는 점을 상기시키자 파트리샤는 선뜻 크림을 빌려주었다.

리라는 일주일에 한 번 집안일을 하러 왔다. 세탁일은 우리 엄마를 고용하면 어떻겠냐고 내가 제안했지만, 파트리샤는 거북해했다. 엄마가 월급을 안 받겠다고 할까봐 걱정이 되었던 것이다. 파트리샤는 세탁일을 위해 리라를 한 번 더 오게 해달라고 했지만, 나는 그녀의 생각이 틀려먹었고 그런 식으로 모든 일을 떠맡기는 건 못된 습관이라고 말했다. 장모의 충고를 듣고 그녀는 저녁 내내 입이 나와 있었지만, 결국 다음 날 저녁 고분고분 다리미판을 꺼내들었다. 기운을 북돋아주기 위해 나는 그녀 곁을 떠나지 않고 텔레비전을 켜고는 말했다.

"그거 봐, 파트리샤, 당신 다림질 솜씨 좋잖아. 아주 순식간에 해치우고 말이야. 우리 엄마보다도 빠른걸. 텔레비전 앞에서 나처럼 멍청하게 팔짱끼고 있는 게 뭐가 즐겁겠어?"

파트리샤는 수긍한 듯 보였다. 나는 이따금씩 그녀가 내 얼굴에 다리미를 날리는 상상을 했다. 제대로 된 인간이라면 당연히 할 만한 그런 일을 그녀가 하진 않을까 걱정했지만, 천만에, 그녀는 계속 다림질을 했고, 그 일에서 평안을 찾는 듯했다. 당신에게서 다리미를 빼앗는다는 건 아이에게서 곰 인형을 빼앗는 것과 같은 거지? 당신의 초조한 마음을 사람에게는 털어놓을 수 없을 거야. 그녀가 눈을 들어 위를 바라보았다. 눈가는 보랏빛으로 약간 거무스름했고, 눈은 우윳빛 피부의 진짜 임산부들처럼 크고 동그랗고 튀어나와 있었다. 그녀가 말을 꺼냈다.

"학교 공부는?"

"잘되고 있어."

"좋아?"

"출근해서 일하는 것보다야 낫지."

"그래도 사무실에 좀 나오는 게 나을 텐데…… 우리 엄마아빠가 알면……"

"아실 리 없어, 여보. 당신이 아무 말도 하지 않으면."

"그래, 여보. 하지만 당신도 노력을 해야 해. 학교를 계속 다녀. 하지만 비는 시간에는 사무실에 나와."

"집은 누가 보고?"

그녀는 언제나 마지막에 가서는 착하긴 하지만 장난꾸러기인 아이에게 하듯이 내 머리를 쓰다듬었다. 나는 그녀에게 내 곁에 와서 앉으라고 했다. 제대로 대접 받는 여자들이라면 별로 신경도 안 쓸 애무에 불과했지만 그것의 효과는 엄청났다.

나는 그녀가 토하는 모습이 보기 좋았다. 임신 초기에는 자주 토하더니 이제는 좀 뜸해져서, 저녁이면 나는 세면대에 비누, 치약, 머리카락 범벅을 만들어놓아 아침에 그녀가 구역질을 일으키게 만들었다. 냉장고 안에 카망베르 치즈를 싼 알루미늄 포장지를 뜯어놓고, 그걸 보자마자 그녀가 얼굴이 벌게졌다가 다시

새하얗게 질려 화장실로 달려가는 걸 보기도 했다. 내가 쫓아가면 그녀는 내버려둬, 날 좀 내버려둬 하고 말했다. 나는 그런 그녀의 모습을 카메라로 찍고 동영상으로도 찍었다. 길거리의 사람들을 불러 모아 구토를 하는 끔찍스런 아내의 모습을 보여주고 싶었다. 내가 뭐라고 하지 않아도 그녀는 예의상 입을 헹구었다. 행여 그녀가 토한 것에 대해 뭔가 좋지 않은 얘기를 꺼낼라치면, 나는 아기 때문이고 그애가 일부러 그러는 것도 절대 아니니 입 다물라고 했다. 그러면 그녀는 맞아, 여보, 알아, 당신 말이 맞아 하고 수긍했다.

매주 월요일이면 그녀는 내게 리라가 일을 잘하는지 지켜보라고 속삭이고는 우리 둘만 덩그러니 남긴 채 출근했다. 로레트와 엄마, 파트리샤 말고 나는 여자들을 별로 만나보지 못했다. 그중 몇몇에게 종종 반복되는 몇 가지 성향이 있음을 알고 있었지만 전체 여성의 입장에서 보면 별로 대단한 것은 아니었다. 나는 리라의 행동을 보며 그런 것을 배우고 싶었다. 그녀는 손버릇이 나쁜 것은 아니었지만 대신 호기심이 많았다. 내가 수많은 내 애인 중 누군가에게 전화를 하는 척하면, 그녀가 놀리던 빗자루를 멈추는 모습이 커피포트에 반사되어 비쳤다. 나는 일부러 연극을 했다.

"그래, 무문…… 갈게, 기다려…… 그럼. 나갔어. 아냐, 맹세컨대, 이제는 그녀에게 손도 안 대. 한 침대에서 자느냐고? 미쳤어? 애를 못 낳게 할 건 또 뭐 있어. 안심해, 무문, 넌 내 인생의 유일한 여자야. 그리고 내 인생은 단 한 번뿐이고."

내 말을 듣고 리라의 심기가 불편해졌다는 걸 알 수 있었다. 파트리샤에게 달려가 토씨 하나 바꾸지 않고 일러바쳤으면 좋으련만, 여성으로서의 연대감이 가득한 그녀의 불만스러운 시선은 어쨌거나 나를 두려워하는 게 분명했다. 어느 날 나는 그녀에게 차 한잔 끓여달라고 하면서, 여드름이 훨씬 줄었고 또 아리따운 젊은 처자라 곧 멋진 남자를 만나게 될 거라고 말했다. 그녀는 이미 결혼을 했다고 대답했다.

일하는 유부녀에게서 볼 수 있는 그 자신감이 내 신경을 긁었다. 나는 그녀에게 일하는 속도를 좀더 올리고 다림질도 시작하라고 했다.

"하지만 일하는 시간은 다 채웠는걸요."

"그럴지도 모르지만 다려야 할 것들이 있는데, 내 아내는 피곤해요. 그래서 다리라고 하는 거예요. 다 해놓고 가세요."

나는 곁눈으로 그녀를 지켜보았다. 무례하게도 그녀는 샐쭉해서 날 째려보고 있었다. 나는 그녀의 피부 치료를 도와준 게 후회스럽다고 말하고는 내 발을 씻으라고 명령했다.

학교에서 돌아왔을 때, 파트리샤는 소파에 앉아 날 기다리고 있었다. 나를 보더니 그녀는 냅다 소리를 질렀다. 나는 더 크게 고함을 지르며, 대체 그 미친 머릿속에 무슨 문제가 생긴 건지 설명해보라고 했다. 그녀는 리라가 눈물을 흘리면서 내가 무문에게 전화한 이야기를 알려주었다고 했다. 나는 더 큰 목소리로 만일 리라와 나 둘 중 하나를 택해야 한다면 그녀는 당연히 리라와 결혼하는 편이 나았을 거라고 말했다. 왜냐하면 남편의 말보다 하녀의 말을 더……

"리라에 대해 그렇게 말하지 마."

"아냐. 하고 싶은 말은 다 할 거야. 여기서 남자는 나야. 그러니 네가 입 다물어. 너는 임신했으니 입 다물어."

"그래, 나 임신했어. 그런데 파출부도 없는데다 내 남편이란 작자는 날 학대하는군."

나는 그녀를 품에 안았다. 이제 곧 부활절이고, 부활절이 되면 그녀의 부모는 착한 남편인 내게 커다란 달걀 프라이를 줄 텐데, 세상 그 무엇을 준다 해도 난 그건 놓치고 싶지 않으니까.

마침내 로레트가 날 알아보았다. 행정학 강의가 끝나자, 그녀는 나를 보며 잔뜩 눈살을 찌푸렸다.

"여기서 뭐 해?"

"너랑 함께 있지."

"여기에 볼일이 없을 텐데."

"널 바라보고 있잖아."

"기분 나빠."

"아무렇게나 말하지 마. 난 매사 신중하거든."

"넌 정신병자야."

"순식간에 엄청난 말을 내뱉는군. 자, 나랑 커피나 한잔 하자."

"됐어."

"넌 조금도 양보하지 않으면서 어떻게 나는 그러길 바라?"

"미쳤어, 미쳤어, 미쳤어."

"누가 말이야?"

"날 좀 가만히 내버려둬. 난 널 원하지 않아. 앞으로도 그럴 거고. 난 널 사랑하지 않는다니까."

"아냐, 넌 날 사랑해."

"대체 어떻게 말을 해야 알아듣겠니? 절대 널 사랑하지 않을 거야."

"절대라는 말은 절대 사용하지 않는 방법을 배워."

"너 완전히 돌았구나."

"그런 점에 끌리지 않아? 네게 줄 선물이 있어."

나는 호주머니에서 예전에 부서진 카메라의 파편으로 만든 목걸이의 잔해를 꺼내들었다. 놀란 로레트는 두 팔을 내젓더니 가버렸다.

집에 오니, 파트리샤가 배내옷을 앞에 두고 앉아 있었다. 그녀는 그걸 접더니 가방 안에 넣었다.

"준비중이야."

그녀가 말했다.

"아."

"여보, 알지, 머지않아……"

"알아."

"의사 말로는 아기가 언제든 갑자기 나올 수 있대."

"그게 무슨 말이야? 단번에 쑥?"

"그렇게 될지 몰라서 가방 안에 다 챙겨놨어. 당신은 택시만 불러주면 돼. 걱정하지 마. 다 잘될 테니까."

나는 걱정하지 않았다. 아기는 곧 태어날 것이고, 나는 아이 엄마에게 그렇게 못된 짓을 많이 하지 않았으니까. 결국 애가 태어나면 내겐 친구가 하나 생기는 셈이고, 또 그렇게 해서 부자 집안에 확실히 뿌리를 내릴 수 있으리라 생각했다. 그렇게 되면 엄마도 기뻐할 것이다. 이제는 일도 그리 많이 하지 않는 편이라 할머니가 되는 것도 어울릴 것이다. 아버지에게는 한 번 잃은 적 있는 어린애가 자라는 걸 옆에서 지켜보는 게 가슴 아픈 일이겠지만, 다른 방도가 없을 것이고 궁극적으로는 아버지에게도 좋을 것이다. 로레트는 어떨까? 내가 아는 그녀는 남편이자 가장인 내 모습을 보는 것만으로도 질투심을 불태우며 불화의 씨를 뿌리게 될 것이다. 여자를 잘 아는 것은 아니지만, 적어도 여자들이 지닌 몇몇 모순은 분간할 수 있게 되었다. 여자들이 유부남에게 매력을 느낀다는 것도 그중 하나다.

젖먹이 레옹은 인정사정없었다. 밤마다 놈은 자기 부모를 깨웠다. 그러면 파트리샤가 일어났고, 나는 애와 애 엄마의 칭얼거리는 소리가 그치기를 기다리며 귀마개로 귀를 틀어막았다. 파트리샤가 지난 밤에 깬 것과 앞으로 깨게 될 상황에 대해 종알거리면서도 매번 우리 방에서 다시 잠을 청하는 꼴을 보면, 한 사람이면 될 일로 두 사람을 귀찮게 한다는 생각은 추호도 하지 않는 모양이었다. 나는 행여 그녀가 거실에서 밤을 보낼지도 모른다고 생각해 침대에 가로로 몸을 뉘었지만, 그녀는 늘 내 곁에 생기는 좁은 공간을 찾아내 몸을 웅크리고 누웠다.

그녀가 출근 준비를 할 동안에는 내가 레옹을 안고 있어야 했다. 그녀는 출근길에 탁아소에 들러 아기를 맡겼다. 학교에 강의를 들으러 가야 하지만 내가 애를 보겠노라고 제안한 적이 있다. 물론 내가 일하러 나가지 않는다는 사실이 장인 장모에게 알려질까봐 파트리샤가 거절하리라는 것을 뻔히 알고 한 제안이었다.

내게 안겨 있으면 애는 자지러지게 울었다. 솔직히 말하자면, 나는 애를 똑바로 안지 않았다. 불그스름한 아이의 얼굴을 보면 내 배다른 형제가 생각나 나는 미친 것처럼 끊임없이 웃음이 나왔다. 나는 아이에게 입 닥쳐, 멍청한 꼬맹이, 우릴 편하게 좀 해주지 않으면 숨도 못 쉬게 할 테다, 처음 봤을 때의 네 어미처럼 얼굴이 불그죽죽하구나, 못생겼어, 라고 말했다. 파트리샤는 벌거벗은 채, 곧 다시 반쯤 옷을 걸친 채 이따금 지나가며 아이의 귀에 대고 즐겁게 조잘댔다. 레옹은 그녀를 향해 안아달라고 팔을 벌렸다. 그러나 출근 준비를 하느라 그녀가 가버리면 나는, 엄마는 이제 네가 필요 없단다, 알겠니? 네 엄마는 너를 아빠에게 버리고 가는 거야, 좋지? 하고 말했다.

수요일마다 그녀가 레옹을 내 부모님 댁에 맡기면, 아이를 찾으러 가는 것은 내 몫이었다. 아버지는 텔레비전을 보거나 휴대용 소형라디오를 귀 가까이 대고 듣고 있었다. 이제 아버지는 늙었고, 바지 앞자락은 언제나 그렇듯 약간 내려가 있었고 수염은

깎지 않은 상태였다. 엄마는 미소를 띠고 있었는데, 우리에게 문을 열어줄 때는 레옹만이 아니라 내게도 관심을 쏟으려고 주의를 기울였다.

"애야, 잘 지내니? 네가 무척 보고 싶었단다…… 늙은 부모를 보러 좀더 자주 오지 그러니."

"일이 있어서요."

"그래, 그건 잘되었구나…… 일이 바로 건강인 게지. 애가 참 예쁘구나. 너희는 참 복도 많아. 어떤 아가씨든 너랑 결혼 못 한 게 아쉬울 거야. 이렇게 예쁜 아이를 못 낳을 테니까!"

그 말에 나는 문득 영감을 얻었다. 그러고는 달리듯 잰 걸음으로 돌아와 파트리샤에게 메모를 남겼다.

'파트리샤, 레옹과 나는 오늘 밤 집에 들어가지 않을 거야. 당신 없이 둘만 함께 있을 필요가 있어서. 이해해줘. 우리가 못된 건 아니야. 잘 자.'

나는 로레트가 사는 건물 아래에서 그녀를 기다렸다. 그녀는 레옹을 보고 감히 소리를 지를 수 없었다. 그저 어깨만 으쓱하더니 현관문을 열고 들어가버렸다. 조금도 시선을 주지 않는 걸로 보아, 내 아들이 매력 없는 모양이었다. 엄마가 거짓말을 한 것이다. 나는 낙담했다. 바람을 좀 쐴 필요가 있었다.

나는 아이를 팔에 끼고 지하철을 탔다. 그리고 다시 열차로 갈 아타고 공항 근처로 갔다. 공항 단지에는 전광판들이 달린 대형 탑들 사이로 예사롭지 않은 거리와 각국의 음식점들이 보였다. 나는 페즈 궁이라는 이름의 식당에 들어가 쿠스쿠스를 주문했다. 아랍 음악을 듣자 레옹은 놀라서 맹렬히 울어댔다. 식당은 텅 비어 있었다. 종업원은 내가 시킨 요리를 데우러 주방으로 들어가고 없었다. 나는 파트리샤가 임산부 연수중에 배운 대로 아이의 발을 잡아 거꾸로 들었다.

　"레옹, 만일 울음을 그치지 않으면 널 여기 버려두고 갈 테고, 그러면 넌 네 삼촌처럼 끝장나게 될 거야. 널 식당에 데려가려고 버릇을 들이는 거니 제발 똑바로 굴어라."

　바깥의 불빛은 정말 아름다웠다. 나는 거리가 보이는 자리를 택했고, 거기서는 아시아나, 중국 곡예단 탕, 타일랜드라마, 라 말레이야, 엘 파이스 같은 간판들이 보였다. 나는 레옹이 그렇게 어린 나이에 세계일주를 하는 것도 복이라고 생각했다. 축하도 할 겸 나는 녀석에게 요구르트를 주문해서 유리잔에 따라주었다. 생후 삼 개월의 녀석은 처음으로 어른처럼 마셨다. 종업원에게 우리 사진을 찍어달라고 했더니 카메라를 달라고 했다. 나는 카메라가 없다고, 그저 찍는 시늉만 하면 된다고 말해주었다. 그는 이마 한 쪽을 손가락으로 누른 채 찰칵찰칵하는 소리를 냈는데, 나를 바라보는 시선이 곱지 않았다. 나는 사람들이 '저 치는 단단히 비뚤어졌어' 하고 곱지 않은 시선으로 경멸하듯 날 바라보는 걸 참지 못한다. 무례한 짓이며 배려라고는 없는 처사다. 나는 여기 앉아 그의 식당이 돌아가게끔 하고 있는 거다. 여길 택하지 않고 타일랜드라마라는 식당에 갈 수도 있었다. 그러니까 그는 뭔가 감사하는 마음, 부양해준 데 대한 감사는 아니고, 그거야 요구르트를 먹여주었으니 나중에 레옹이 해야 할 생각이고, 뭔가, 그러니까 식당 측으로서는 마땅히 손님에게 가져야 할 감사의 마음을 지녀야 했다.

종업원의 친구들이 들어왔다. 그들은 카운터 주위에 둘러앉아 맥주를 마셨다. 나는 레옹에게 그들이 대체로 얼마나 제대로 된 교육을 못 받고 컸는지 설명해주었다. 그러고 나서 로레트 생각을 하기 시작했다. 그런데 마치 마법처럼 젊은 여자 한 명이 나타났다. 로레트처럼 그녀도 촉촉한 입술과 검은 눈동자를 가졌고, 빨간 외투를 걸치고 있었다. 그녀는 남자들에게서 별로 멀리 떨어지지 않은 곳에 혼자 자리를 잡았다. 주문도 받기 전에 종업원이 그녀 앞에 커다란 잔을 하나 내려놓았다. 그 대가로 그녀는 몇 장의 지폐를 건네주었다. 그녀는 곧바로 로레트처럼 아름답고 파트리샤처럼 부유해졌다. 그렇지만 행복해 보이지는 않았다. 주문한 쿠스쿠스가 나오자 나는 종업원에게 말했다.

"저 아가씨에게 나와 쿠스쿠스를 함께 들지 않겠느냐고 물어 봐주겠소? 아니면 따로 일 인분을 주문해도 되고."

그는 처음으로 미소를 띠더니 아가씨에게 뭔가 속삭였다. 그녀가 내 앞자리에 와서 앉았다.

"당신 애인가요?"

그녀가 레옹을 가리키며 물었다.

"아니오, 여자친구 앱니다. 내가 봐주고 있지요."

"이 근처에 살아?"

그녀는 이미 말을 놓고 있었다. 여자에게 접근하면 나는 늘 성공하는 편이었고, 여기 파즈 궁에서도 그런 것 같았다.

"아니. 비행기 갈아타는 중이야."

나는 고개로 공항을 가리키며 대답했다.

"멀리 가는 거야?"

"두바이."

"아, 그렇구나."

"일 년에 한 번 쇼핑하러 가거든. 거긴 모든 게 더 싸니까. 게다가 한겨울에도 따뜻하고. 수온이 40도 정도고 모래성을 쌓다가 석유를 발견하는 일도 있어. 그래서 내가 레옹을 데리고 가는 거야."

"모래성을 쌓기에는 애가 좀 어리지 않아?"

"배우면 되지."

"비행기 갈아타는 데 시간이 얼마나 걸려?"

"스물네 시간."

"나도 그런데. 내 이름은 카디자야."

그녀는 매우 자연스럽게 말했다.

우리는 어느새 친해졌다. 그녀는 레옹의 뺨을 만지며 귀엽다고 했다. 나는 애를 귀엽게 볼 수도 있다는 데 놀랐지만 감히 그렇지 않다고 말하진 못했다.

"이 애, 가지고 싶어?"

"그럼! 하지만 너도 함께 가지고 싶어. 위에 방이 하나 있는데. 들러볼래?"

"쿠스쿠스를 기다리고 있는 중인데."

"그럼 그다음에. 갈아탈 비행기 기다리는 동안 소화도 시킬겸, 어때? 토끼 씨, 한번 짜릿함을 느껴볼까?"

레옹이 울음보를 터뜨렸다. 손가락으로 요구르트를 찍어 빨게 해도 소용없었다. 어떤 짓을 해도 울음은 그치지 않았다. 나는 카디자에게 잠깐만 기다리라고, 공항에 있는 아이 엄마에게 애를 맡기고 오겠노라고 했다. 그리고 레옹을 안고 좀 얌전히 굴라고 하면서 주차장 쓰레기 처리장으로 내려갔다.

식당으로 돌아온 나는 쿠스쿠스를 한 입에 털어 넣었다. 카디 자가 의자를 들썩이며 날 보고 있었다. 종업원은 미소를 띤 채 그녀를 보고 있더니, 그녀가 날 방으로 데려가는 걸 보자 그녀에게 축하한다고 말했다.

그녀는 잽싸게 옷을 벗었고, 나는 반대로 느긋하게 텔레비전 채널을 돌려가며 가루음식을 소화시켰다. 내가 마치 폭군이나 뚱뚱한 돼지처럼 굴고 있는 것 같았다. 비행기 이륙 소리가 들려왔다. 낭만적이었다. 날 뿅 가게 해줘, 그녀가 말했다. 내가 대답했다, 너 스스로 해봐.

집에서는 파트리샤가 손톱을 물어뜯으며 자기 엄마와 통화를 하고 있었다.

"네 남편이 별나긴 했지. 하지만 이번 경우는 도가 지나치구나. 얘야, 돌아올 게다, 돌아올 게야. 돌아오면 붙잡고 얘기를 해라, 응? 그 사람 태도가 어른답지 못하고 이기적이라고 말이다. 네가 얼마나 걱정을 했는지 그 사람도 알아야지."

"돌아오지 않으면요?"

"돌아올 게야. 배도 고플 것이고."

"춥기도 하겠지요."

"그래…… 그리고 이렇게 된 김에 네 생각도 얘기해주고. 그렇게 매듭을 짓고. 말이 났으니 하는 말이지만 오늘 네 숙모 폴을 만났다. 잘 지내더구나."

"아."

"애야, 힘내. 마음이 몹시 좋지 않다는 건 알겠다만, 관심을 좀 가져주렴."

"예."

"너도 알다시피, 난 그 나이가 되면 네 숙모처럼 되고 싶더라. 정신도 또렷하고 다리도 튼튼하고. 게다가 드시기도 어찌나 잘 드시는지. 치즈를 먹어도 아무 일 없을 거야."

"층계에서 무슨 소리가 들려요."

"네 남편이니?"

"아뇨."

"그럼 누구지?"

"모르겠어요."

"어쨌거나. 숙모님이 물어보더구나. 네가 남편하고 애를 데리고 여행이라도 다녀올 생각은 없는지."

"예정에 없던 일인데."

"네 남편에게 물어봐. 폴 숙모가 내년에 너희 셋을 데리고 유람선 여행이라도 했으면 하더라고."

"엄마, 전화 끊어야겠어요. 그 사람이 전화를 할지도 모르니까요."

"폴 숙모에게 꼭 전화해서 나일 강 여행에 대해 얘기해봐야 한다, 알겠지? 이런 기회를 놓치면 안 돼. 그리고 너무 걱정 말거라. 모든 게 잘될 거야!"

파트리샤는 레옹의 침이 묻어 있는 쿠션을 물어뜯으면서, 이 세상의 비참함은 아랑곳 않고 오직 자신의 처지에 대해서만 한탄했다. 그녀와 그의 빈자리 외에 다른 것은 안중에도 없었다. 그를 기다린다니, 도저히 믿기지 않는 일이어서 그녀는 자신이 살았는지 죽었는지도 모를 지경이었다. 그녀는 앉은뱅이 탁자를 걷어찼지만, 탁자는 유리처럼 산산조각 나지도 그녀의 발에 상처를 남기지도 않았다. 그저 아무런 자국 없이 고통만 줄 뿐이었다. 남편이 돌아와서 그녀가 얼마나 고통스러워했는지 볼 수 있도록 흔적이라도 남기고 싶었다. 그의 동정심을 일깨울 수만 있다면 무슨 일이고 만들었을 터였다. 그녀는 집 밖으로 나가 행인과 자동차에 몸을 던진 후, 그가 돌아오면 시퍼렇게 멍든 몸을 들이밀고 싶었다. 한 남자의 갑작스런 실종이 한 여자의 삶에 어떤 결과를 가져오는지 보여주고 싶었다.

하지만 그녀는 행여 아이가 굶고 올까 문턱을 넘자마자 바로 아이 입에 물릴 수 있도록 미지근하게 데운 젖병을 손에 들고 거실을 맴돌았다. 그러면서 도대체 왜 이런 괴물과 결혼했으며 그런 형편없는 결합으로부터 어떻게 아이가 생겨날 수 있었는지 스스로에게 물었다. 그리고 남편이 어릴 때부터 재능은 뛰어났으나 비뚤어진 성격의 아이였다며 그를 용서했다. 그들의 만남, 그가 그녀에게 못된 말을 내뱉었을 때마다 그녀가 느꼈던 충격을 돌이켜본 그녀는, 어쩌다 자신들이 공격성과 수치심에 끌리게 되었는지 궁금해졌다. 그녀는 자기 부모와 폴 숙모에게서 답을 구하려 했고, 자신이 정상인지 자문했다. 그리고 남편이 돌아온다면 자신부터 변하겠다고 다짐했다. 지금 이 상황에서 얻어낼 것이 전혀 없다는 것과, 계속 바보로 남아 있느니 차라리 폭군이 되는 편이 낫다는 사실을 깨달은 것이었다.

나는 파트리샤가 불만에 가득 차 있으리라는 걸 짐작하고 있었다. 그래서 도중에 스카프 가게에 들렀다. 하지만 가게 문은 이미 닫혀 있었다. 시각은 이미 새벽 네시를 가리키고 있었던 것이다. 아무것도 사지 못한 채 나는 살며시 현관 문을 열었다. 그녀의 눈이 벌겋게 충혈된 걸 보니 울었던 게 분명했다.

"레옹은 어디 있어?"

"레옹?"

"그래, 레옹, 우리 아들 말이야! 이 멍청아!"

"주차장에 놓고는 잊어버렸네."

"어떤 주차장?"

"공항 주차장."

나는 레옹을 까맣게 잊고 있었다. 아이 엄마가 비명을 질러대는 동안 나는 쿠스쿠스와 카디자의 애무를 다시 떠올리고 있었다. 그녀를 진정시키기 위해 내가 말했다.

"가서 자자. 애는 내일 찾으러 가지 뭐. 누가 우리 애를 빼앗아가면 그게 더 놀랄 일이겠다."

그녀는 고래고래 고함을 질러대며 횡설수설했다. 주차장에 대해, 남자들에 대해, 내 엄마와, 들고 있던 젖병에 대해서도. 그녀는 젖병을 바닥에 내동댕이치고는 손톱을 있는 대로 세우고 내게 달려들었다. 결국 나는 깜깜한 밤에 애를 찾으러 나서야 했다. 그녀가 쓸데없는 말을 구시렁대기에 내가 말을 막았다.

"그만 해. 내게 욕을 하고 싶으면 똑바로 하든지. 무슨 말인지 전혀 못 알아듣겠어."

택시에 탄 그녀는 차창을 내렸다. 기사가 이상하다는 듯 우리를 바라보았다.

"애는 죽었어. 애가 죽었으니 난 당신을 죽일 거야."

그녀가 말했다.

"무슨 소리야, 애는 안 죽었어. 자고 있어."

"어디다 두었다고? 쓰레기차에? 쓰레기통에?"

"그 옆에."

"쓰레기통 옆에?"

"그래. 너무 걱정하지 마."

"경찰을 불러주세요."

그녀가 운전사에게 말했다.

"남편이 미쳤어요. 제발 증인이 되어주세요. 내 증인이 되어
주세요."

택시는 우리를 공항 주차장 이층에 내려놓았다.

"어디 있어? 애를 어디다 뒀냐고?"

"모르겠네. 여긴 층들이 다 비슷비슷해서…… 이쪽으로 들어
오진 않았는데."

"당신이 어디로 들어왔는지 그딴 건 집어치워! 정신병자!
천치!"

우리는 여러 층을 오르락내리락했다. 나는 그녀의 목을 붙잡
고 페즈 궁에 가서 박하차나 한잔 하자고 했다. 그녀는 내 얼굴
에 침을 뱉었다.

레옹은 혼자, 그것도 너무 울어 새파랗게 질린 채 우리를 기다
리고 있었다. 쓰레기차도 지나가면서 아이를 보지 못했고, 봤어
도 주위 갈 생각도 하지 않은 모양이었다. 파트리샤는 무슨 귀중

품이라도 되는 양 아이를 안아들고는 뒤도 안 돌아보고 가버렸다. 나는 졸지에 홀아비이자 고아가 되어버렸다.

로레트는 하녀들과 함께 팔층에 살고 있었다. 못된 아내 때문에 집 밖으로 나돌 수밖에 없게 된 나는 그녀에게 접근하기로 마음먹었다.

밤이 그녀를 두렵게 만든 모양이었다. 문간에 서 있는 나를 본 그녀는 흠칫 뒤로 물러섰다. 그러더니 내가 침대까지 몰아가는 동안 어떤 반응이나 반사적 행동도 보이지 않았다. 그냥 두 팔을 늘어뜨린 채 가만히 서 있을 뿐이었다. 그녀는 낡은 티셔츠를 입고 있었고 양말은 흘러내려 주름져 있었다. 그녀가 무엇을 원하냐고 묻기에 내가 되물었다. 네 생각엔 뭘 것 같아? 그러자 그녀의 입에서 한마디가, 그것도 아주 기이한 한마디가 나왔다. 앞으로는 자기를 만나려 하지 않고, 빨리 끝내겠다고 맹세하면 자기 몸에 손을 대도 된다는 말이었다. 그러고 나서 그녀는 내게 다가와 눈을 감았다. 하지만 막상 내가 키스를 하려고 하자 입술을 피했다. 바닥에 등을 대고 누운 그녀는 죽은 사람 같았다. 뚱뚱한 여자의 시체.

"학교 다닐 때보다 뚱뚱해졌구나."

그녀는 아무 대답도 하지 않았지만 섹스가 시작되자 떨리는 마음을 감추지 못했다. 그녀의 뺨 위로 눈물이 흘러내렸고, 아랫입술은 떨리고 있었다. 그녀에게서 향긋한 설탕 내음, 내가 어쩌지도 않았는데 흘리기 시작한 어둠의 진액 냄새가 났다. 나는 십년 전부터 꿈속에서 그녀를 가졌기에 별다른 놀라움 없이 로레트의 몸 속으로 들어갈 수 있었다. 일을 치르고 나자, 그녀는 몸을 웅크린 채로 벽 쪽을 향했다. 그녀를 품에 안자, 그녀는 나가라고 말했다. 나는 잠잘 곳도 없는데다 졸리다고 대답했다. 그러고 나서 잠이 들었다.

아침에 일어나보니, 로레트는 어디로 가버리고 없었다. 탁자위에 그녀가 남긴 메모가 있었다. 이제 만족했겠지. 다시는 오지 마.

나는 샤워를 한 후 그녀가 무얼 먹고 사는지, 대체 무엇이 그녀를 그토록 살찌게 했는지 알기 위해 찬장을 뒤졌다. 다이어트 식품들, 비스킷, 비누, 세제들. 그녀를 그토록 뚱뚱하게 만든 것은 차라리 외로움이었다. 그녀는 부모 말고 다른 사람, 자기 나이에 아직도 이런 수준으로 사는 걸 한탄하면서도 종종 찾아갈 수 있는 아래층 사람들과 함께 식사를 하길 바랐을 것이다. 그녀의 어머니는 평소 여드름과 평균을 웃도는 몸무게에 대해 싫은 소리를 했을 것이다. 사람 됨됨이에 대해서는 별로 까다롭게 굴지 않는 홀아비 정도면 딱 좋은 사윗감이라고 공공연히 떠들어대는 아버지도 참아내야 했을 것이다. 그는 건전하고 안정된 생활 기반이 되어줄 남자도 없이 로레트가 고아처럼 혼자가 될지도 모른다는 생각에 낙담했겠지. 회사 연감을 뒤적이다가 조건에 들어맞는 남자들이 나오면 페이지를 접어놓기도 했다. 로레트는 그 남자들의 사진을 보고는 아버지를 저주했다. 십 년도 넘는 세월 동안 오직 나만을 사랑한 그녀. 그렇지만 어떻게 자신이 유부남, 게다가 아이 아빠인 남자에게 빠져 있다고 고백을 하겠는가? 그녀는 꽉 막힌 사람들의 잔소리를 상대하느니 초콜릿을 듬뿍 묻힌 케이크를 먹는 편을 택했다. 완전히 자신의 가족과 결별한 그녀는 나와 가정을 꾸리기 위해 경제적으로 자립할 수 있을 때를 기다리고 있었다. 우리는 개 한 마리와 자전거 두 대 아니면 이 인용 자전거를 갖게 될 것이다. 아침이면 그녀를 직장에 내려주고 힘차게 페달을 밟아 이 인용 자전거를 세워두는 나무까지 달려올 것이다. 그리고 저녁마다 그녀를 데리러 가겠지. 그녀는 내가 미리 가르쳐준 대로 난 네 꺼야, 오로지 네 꺼, 난 너만 사랑해, 너는 내 사랑, 난 네가 원하는 걸 하지, 네가 항상 날 사랑하길 바라, 나는 네 여자야, 라는 말을 되풀이하며 저녁식사를 준비할 거야. 나는 그녀가 쭈그려앉아 날 위해 석류 시럽을 탄 위스키를 따라 건네고, 또 마음이 내키면 내가 두들겨패는 동안에도 내 발밑에 죽은 듯 엎드려 있는 그녀의 모습을 지켜볼 것이다. 내가 아무리 때려도 그녀는 더 때려줘, 라고 말할 것이다.

나는 그녀를 이해할 수 있는 유일한 젊은 남자였다. 그렇지만 그녀는 늙은이만 좋아했다. 젊은 남자들은 그녀에게는 혐오의 대상이었다. 샌 털 한 올 없고, 반점 없이 깨끗한 손, 주름살 하나 없이 매끈한 피부, 과거 없는 삶. 그녀는 마지막 여자가 되길 원했지만, 스스로가 젊은 남자의 마지막 여자가 될 수 있으리라 판단하기에는 삶에 대한 확신이 서질 않았다.

나는 늙은이처럼 될 것이다. 훌륭한 조언자처럼 그녀를 사랑하는 법을 터득하고, 그녀가 영원한 젊음을 간직할 수 있도록 해주고, 그녀가 내게 삶을 주었다고 말하도록 할 것이다. 그러면 날 믿어주겠지.

나는 그녀의 책상 위에 메모를 남겼다. '또 봐.'

집에 도착하자, 층계참에 내 이름이 적힌 가방 하나가 있었다. 초인종을 눌렀다. 파트리샤가 문을 열었다.

"눈이 삐기라도 한 거야?"

그녀는 가방을 가리키며 내게 물었다.

"아니. 난 내 집에 돌아온 거야."

"꺼져, 이 더러운 놈. 이 동네에 다시 얼쩡거리는 꼴을 보게 되면 감옥에 처넣어줄 테니까."

"파트리샤, 그래도 난 네 남편이야. 부탁인데, 좀 똑바로 하자고. 애 앞에서는 특히."

"꺼지란 말이야! 뒈져버려!"

그녀는 문을 쾅 닫으며 고래고래 소리를 질렀다.

난 잽싸게 집 안으로 몸을 디밀었다.

"사랑하는 파트리샤, 당신 신경이 곤두서 있다는 건 이해해, 하지만 사람이 실수를 할 수도 있지……"

"사람이라고? 우리 애를 지하에 내버려두고, 그 사실을 까먹는 게? 그리고 애는 왜 거기 내버려둔 거야? 너무 무거워서?"

"난 너무 지쳐 있었어. 졸리기도 했고. 그래서 잠을 자러 호텔에 간 거야. 그런데 애가 울음을 그치지 않더라고. 벽에 내동댕이치고 싶더군. 날 이해해줘야 해. 난 예민한 사람인데, 애가 내 신경을 긁더라니까. 정신이 홱 돌아버린 거야."

"당신 자식을 알아보긴 한 거야? 그래서?"

"물론이지. 아무 데나 애를 놓아두고라도 잠시 조용한 데 있고 싶었어. 잠이 깨자마자 집에 돌아왔어. 꼭 꿈속인 것만 같았어. 정신이 온전했더라면 애를 놓고 오진 않았겠지. 난 환자야, 파트리샤. 병이 난 거라고. 또 당신이 날 버리면 난 죽어버릴 거야. 날 보호해줘, 내 사랑, 날 버리지 마, 난 당신 도움이 필요해."

'내 사랑'이라는 말이 제대로 먹혔다. 그녀는 내게 몸을 기댔다. 그리고 아이를 잃을까봐, 나를 잃을까봐 너무도 무서웠다는 말만 되풀이하며 하염없이 울었다.

"애는 언제부터 고기와 야채를 먹기 시작할까?"

"육 개월부터."

"이 우유를 다 먹였다간 애를 뚱보로 만들겠는데, 게다가 냄새 하고는…… 뭐라고 말해야 할지 모르겠는데, 냄새가 너무 지독해. 우유 냄새 때문에 아주 돌아버리겠어. 나 좀 도와줘."

"몸이 안 좋은 거야? 그래?"

"맞아. 사는 게 고달파."

"알았어. 내가 있잖아. 내가 다 알아서 할게. 당신도 보살피고. 그러니 바보 같은 소린 하지 마."

파트리샤는 레옹을 데리고 출근했다. 손이라도 흔들어주려고 창가에 서자, 파트리샤는 여행 얘기를 해야 되는데 잊고 있었다고 소리쳤다. 벌써 그녀는 다시 자신의 모습으로 되돌아가 활력을 되찾았다. 오늘 저녁 그녀는 아이와 월급을 가지고 퇴근할 것이고, 장모가 아직도 내 험담을 늘어놓으면 내 편을 들어줄 것이다.

나는 카디자의 엉덩이를 생각하며 더운 물로 목욕을 하고, 아침식사 주문을 하려고 '헬로 쿠스쿠스'에 전화를 걸었다.

배달원이 왔을 때, 나는 온몸이 슬픔의 물결에 휩싸이는 걸 느꼈다. 배달원에게 같이 식사하자고 했지만, 그는 다른 배달이 있다면서 거절했다. 나는 혼자서 식사를 해야 했다. 하지만 사람들

을, 심지어 레옹이라도 좋으니 누구라도 보고 싶었다. 아파트는
죽어가고 있었다. 나는 누군가 내 손을 잡아주길, 내 머리를 쓰
다듬어주길, 내 조그만 망토 자락을 바로 잡아주고 나를 내보내
주길, 학교 문 앞에 날 내버려두지 않길, 함께 학교로 들어가 자
리에 앉고 나를 앉혀주길 기다렸다.

파트리샤가 의사를 불렀다. 나는 병원까지 갈 기력조차 없었다. 슬픔이 너무 무거워 누가 부축을 해준다 해도 진료실까지 지고 갈 수가 없었다. 결정은 그녀의 몫이었고, 심지어 내가 침대에 누울 위치까지 그녀가 정했다. 그녀가 내 다리를 너무 세게 눌러서 다리라도 온전히 지키려면 바싹 당겨야 했다. 이따금씩 그녀가 달려들어 으깨기라도 할 것처럼 내 관자놀이를 열심히 눌러댔다. 그때까지 그녀는 내 뇌에 문제가 있다는 걸 납득하는 듯 보였지만, 왠지 나 안 보는 곳에서 그녀가 못된 궁리를 하고 있다는 느낌이 들었다. 의사는 과로라는 진단을 내렸다.

나는 나의 혼수상태와 많은 이야기를 나누었다. 못된 별명을 붙여주면 마음이 상해 더 악화될까 슬픔이라 부르기로 했다. 슬픔아, 내 눈 앞에서 사라져줘. 이제 날 내버려둬. 나는 이해했다. 뭘 이해했다고? 삶. 삶 전체를. 나는 삶을 살 거야. 하지만 시간 이 필요해. 일을 할 건가? 아니, 어쨌든 그건 아닐 거야. 하지만 누군가를 사랑하겠지. 누군가를 사랑하겠다고 결심하고 항상 사 랑할 거야. 아냐, 로레트는 아니야. 다른 사람. 그렇게 되면 사랑 이 둘이 되겠지. 그건 한 사람의 생을 충만히 하기 위한 거야. 이 를테면 레옹을 사랑하겠지. 그래서 언젠가는 로레트와 레옹, 그 리고 내가 함께하게 될 거야. 슬픔아, 듣고 있니? 슬픔아?

눈물이 흐르고 있었다. 슬픔은 도처에, 내 마음 깊은 곳에도, 사람들의 머리 위에도 있었다. 잠을 잤다. 깨어나면 멍했다. 아 파트를 한번 둘러보고 내가 품었던 욕망들을 하나하나 되짚어보 았다. 그것들은 가장 낮은 곳에 머물러 있었다. 라디오도, 텔레 비전도 켜지 않았다. 토스터 소리만 들어도, 커피 내음만 맡아도 울음이 터져나왔다. 잠에서 깨어나는 집의 분위기가 싫었다. 다 시 잠자리에 들었다. 하루에도 몇 번이나 잠에서 깰 때마다 이 방 저 방으로 잠입을 시도했다. 불을 밝히지 않은 욕실에 들어갈 때만 그나마 마음이 평온했다. 잠에서 깨기 위해 펄펄 끓는 욕조 속으로 미끄러져들어가도, 몇 시간이 지나면 몸은 차갑게 식었 다. 그래도 내 작은 꼬리가 다시 따뜻해졌다는 생각에 행복했다. 잠은 환희였다. 시트 주름 사이에 코를 박자마자 잠은 나를 사로

잡았다. 베개에 얼굴을 파묻으면 파트리샤가 열어둔 덧창을 굳이 닫지 않고도 어둠 속에 머물 수 있었다. 꼼짝도 않고 있으면, 아무도 없는 빈 침대 위를 지나치듯 공기가 내 위를 스쳐갔다.

"네 남편 우울증은 어떻게 되었니?"

장모가 물었다.

"싸우고 있는 중이에요."

내가 자랑스럽다는 듯 파트리샤가 대답했다.

"빠져나오겠죠. 가엾은 사람."

"어쨌거나 참 희한한 사람이구나. 아무것도 하지 않느라고 과로하다니."

"엄마…… 제발……"

"왜? 내 말이 틀렸니? 좀 보려무나…… 너도 나처럼 생각을 좀 하렴! 별스런 사람이긴 하지. 심각하다고 말한 건 아니다. 내 딸이 좋은 사람을 만났으면 하는 바람뿐이었는데."

"엄마, 그건 내 일이에요."

말 잘했다. 나는 방에 있는 수화기를 내려놓았다. 절대로 다시는 그들의 통화를 엿듣지 않을 것이다. 그들이 거드름 피우는 소리를 듣는 건 재미없는 일이다. 내 이야기를 하고 있는데도, 흥미가 생기질 않았다.

파트리샤는 내 편을 들어주었다. 나에 대한 집착에 가까운 사랑이 어디서 나오는 건지는 이제 궁금하지도 않다. 아마도 내가 로레트에 대해 느끼는 열정과 연관 있을 것이다. 집착 속에서 파트리샤는 어떤 형태의 삶의 즐거움을 찾아냈다. 나는 야위었고, 대화도 나누지 않았으며, 내 몸은 유머가 빠져나가 무기력해지고 메말라 가루처럼 부서져내릴 지경이었다. 파트리샤는 불안한 눈길로 내 몸이 움직이는 걸 지켜보며, 내가 부서져내려 뼈라도 잃게 되면 그걸로 펜던트라도 만들 요량인지 언제든지 달려들 태세로 내 뒤를 따라다녔다.

그녀는 내 혀 위에 비타민 정제를 얹어주었고, 나는 회복을 위해 그녀가 직접 짜준 신선한 과일주스와 함께 그걸 삼켰다. 그녀는 레옹을 조용히 시키거나, 아기 우는 소리가 들리지 않도록 애를 데리고 아파트 한구석에 처박혔다. 어느 날 그녀는 여러 달 동안 잠잠히 있던 나에게 흥미로운 제안을 했다. 늙은 숙모와 나일 강으로 여행을 떠나자는 것이었다.

"그래요, 여보…… 폴 숙모가 이번 여름에 유람선을 타고 함께 가자더군요. 그렇지만 레옹이 너무 어리고 또 나도 사무실 일을 해야 하니까…… 당신이 숙모랑 둘이서 간다고 해서 안 될 것도 없잖아? 그러면 기분 전환도 될 거고, 어쩌면 당신 몸도 한결 나아질지도 모르는 일이죠…… 숙모는 좋은 분이에요. 당신도 알겠지만, 재미있는 분이기도 하고…… 게다가 나이에 비해 정정하시죠…… 다리도 튼튼하고……"

"그래, 알아. 의식도 있고. 다리도 튼튼하고 정신 나간 분도 아니지. 그런데 그런 분이랑 뭘 하는 건데?"

"나일 강을 거슬러올라가는 거죠."

"피곤한 일인데. 차라리 내려올 수는 없나?"

"하지만 여보, 배를 타고 가는 건데……"

"늙은이들 틈에서 말이지?"

"아니. 물론 팔팔한 어린애들은 아니겠지만, 그래도 당신과 비슷한 사람들을 만나게 되겠지. 자기 자신을 잃어버려서 스스로에 대한 방향 설정이 필요한 사람들 말이에요."

"생각해볼게."

"좋아요. 시간이 있으니까."

폴 숙모를 옆에 달고 꼼짝 않고 항해를 하는 것, 좋다. 마음이야 편안하겠지. 당연히 숙모에게는 날 귀찮게 하지 말라고, 사는 것 때문에, 내 어린 시절 때문에, 내 사랑 로레트 때문에 우울증에 걸렸다고 미리 알려줄 테니까.

로레트가 임신했다. 파트리샤는 적당한 때를 살피다 그 문제에 대해 이야기를 꺼냈다.

"로레트를 다시 만났다는 얘기 정도는 해줄 수도 있잖아! 당신이 우리 주소를 알려줬어? 우리를 보러 왔더라고. 임신한 그 여자를 생각해봐. 우리는 함께 커피를 마셨어…… 당신이 자고 있기에 안 깨웠어."

세상이 환해지고 아름다워졌다. 나는 황급히 로레트의 집으로 달려갔다. 그녀는 지구본처럼 동글동글했다.

"나 왔어."

내 작품인 그녀의 멋진 배를 바라보며 말했다.

"꺼져. 약속했잖아."

"우리집에 왔다면서, 아니야?"

"네 마누라 보러 간 거야. 관두자. 착한 여자더라고. 난 아무
말도 하지 않았어. 굳이 그럴 필요가 없으니까."

"내가 말할게, 내가…… 집사람은 이해할 거야. 모든 걸 다
이해해주는 여자니까. 난 너랑 결혼하겠어."

"꺼져. 난 네 아이 따위 갖고 싶지 않아. 줘버릴 거야. 아무도
원하지 않으면 쓰레기통에 넣어버리지."

그녀는 아이에게 고문을 가하려고도 했다며 잠시 횡설수설했
다. 그러고는 임신 사실을 너무 늦게 알게 되어 의사가 중절수술
이 불가능하다고 했다는 말도 덧붙였다. 그녀는 나에 대해 오락
가락하는 증오심을 낱낱이 드러냈고, 적어도 아이 덕분에 부모
님이 자신을 포기했다면서 이야기를 마무리했다. 끔찍한 소식을
들은 그녀의 부모는, 불결하다며 그녀를 내쳤다는 것이다. 로레
트는 부모의 장례식에 가지 않아도 되게 됐다며 좋아했다. 부모
없이 늙어가는 게 더 나을 것이다. 부모가 죽은 후 비 오는 일요
일마다 겪어야 할 고통을 미리 걱정하지 않아도 될 것이다. 나는
그녀의 말이 맞고, 거기에 덧붙여 그녀가 그토록 뚱뚱해진 것은
그 노인네들이 먹는 음식 때문이라고 했다. 그러자 그녀는 완력
을 써서 날 내쫓았다.

당황한 난 어떻게 해야 그녀를 붙잡을 수 있을지 알 수 없었다. 찾아갈 때마다, 그녀는 내 앞에서 문을 쾅 닫고는 울었다. 종종 그녀 집 층계참에 음식을 놓아두었는데, 다음 날 가보면 악취를 풍기거나 상한 채로 남아 있었다. 어떻게 반응할까 두려워 파트리샤에게는 감히 조언을 구할 수도 없었다. 난리법석 치는 게 끔찍했기 때문이다. 나는 로레트가 아이를 낳기만을 참을성 있게 기다렸다. 집에서 나는 아무 문제도 일으키지 않았다. 장을 봐오고 이제나저제나 파트리샤가 돌아오길 기다리며 휴식을 취했다. 그녀는 나를 믿지 못해 매일 아침 레옹을 탁아소에 맡겼지만 내겐 그런 속내는 말하지 않았다. 다만 내가 거추장스럽지 않게 도와주려 한다고만 했다. 레옹이 파트리샤와 함께 잠을 자게 되면서 레옹의 방을 내가 차지하게 되었다. 파트리샤는 내가 둘째 아이라도 되는 양 그 방으로 나를 보러 왔지만, 부부간의 일로 나를 귀찮게 하는 일은 전혀 없었다. 그녀는 레옹만으로도 충분했다. 창문에 몸을 기대고 서면 로레트가 사는 하녀 방에 불이 밝혀져 있는지 볼 수 있었다. 그녀가 불을 끄면 나는 황급히 거리를 살폈다. 그러던 어느 저녁 택시 한 대가 멈춰 서는 것이 보였다. 로레트가 출산을 하려는 것이었다. 나는 그 택시에 올라탔다. 그녀는 너무 고통스러워 나를 밖으로 쫓아내지 못했다. 그녀를 안심시키기 위해 나는 바위처럼 튼튼한 남자의 존재가 그녀를 보살피고 있다는 느낌을 주려고 즐거운 목소리로, 달려요 기사 양반, 내 아내가 곧 애를 낳을 거요! 하고 말했다. 그리고 그녀의 손을 잡았다. 만일 내가 여자라면, 나는 그런 남편이 자랑스러웠을 것이다.

일단 침대에 몸을 눕히자, 그녀는 간호사들에게 날 내보내달라고 부탁했다. 하지만 간호사는 그녀의 어깨를 툭툭 치며, 남편이 있으면 마음이 놓이지요, 남편이 다 이러라고 있는 거 아니겠어요, 하고 말했다.

로레트는 매트리스에 주먹질을 해댔다. 그녀는 이를 악물고 중요한 남자인 나의 손을 꼭 쥐었다. 그녀의 손톱이 내 손바닥을 파고들었다. 나는 더 힘을 주어 애를 밀어내라고 말했고, 그녀는 닥치라고 고함을 지르며 울었다. 산파가 말했다. 잘하고 있습니다, 선생님, 부인에게 용기를 주세요, 지금 부인께선 그게 필요합니다.

세상에 나왔을 때, 내 아들의 키는 48센티미터였고, 몸무게는 2.95킬로그램이었다. 로레트는 아이를 품에 안아보려고도 하지 않았고, 아이 포기 각서를 갖다달라고 울부짖었다. 나는 간호사

에게 가끔 그녀가 정신이 나갈 때가 있다고 설명해야 했다. 로레
트는 진정제 주사를 맞았다. 사흘 후 그녀는 퇴원했다. 아이는
내가 안고 있었고, 그녀는 쇼윈도를 구경하며 앞장서서 걸었다.
아이를 데리고 바깥으로만 나다닐 수는 없어서, 나는 날 따라오
라고 할 요량으로 그녀에게 다가갔다. 그런데 그녀는 가게로 들
어가더니 드레스룸으로 들어가 문을 닫아버렸다. 결국 나는 그
녀의 붙잡는 데 성공했다. 우리는 길 근처 도랑 가에 앉아, 물고
기라도 발견하길 기대하는 사람들처럼 물을 바라보았다.

"물에서 발 빼, 로레트. 그러다 감기 걸리겠어."

"너나 꺼져. 애새끼는 네가 갖고 난 조용히 내버려둬."

"정말이야? 내가 애를 데리고 가도 돼? 애 이름은 뭔데?"

"파트리샤에게 물어봐."

나는 제정신이 아닌 로레트를 버려두고 집으로 돌아왔다. 그
녀는 결국 진정하고 체념한 후, 자신이 기거하는 하녀 방으로 돌
아가 모든 추억을 지울 것이다. 그리고 부모에게로 돌아가, 자신
은 결코 애를 낳을 생각도 없었고 언제나 여드름투성이의 동글
동글한, 그들이 사랑하는 딸이라는 사실을 확인시키고 설득할
것이다.

파트리샤는 울부짖었다.

"대체 무슨 일이야? 사흘째야, 알아? 사흘 동안이나 당신을

찾았다고. 어디 있었어? 그리고 걔는 누구야?"

"내 아들. 외드 블레즈야."

파트리샤는 두 손으로 머리를 감싸쥐더니 부엌으로 가서 우리 엄마에게 전화를 걸었다. 와서 데리고 가세요, 더는 어쩔 수가 없어요, 이제 그러고 싶지도 않고요, 당신 아들을 다시 데려가세요⋯⋯ 곧 엄마와 아버지가 이제 막 걸음마를 시작한 레옹을 데리고 도착했다. 나는 레옹에게 좀 물러서라고, 약하고 자기 몸도 지키지 못하는 외드 블레즈에게 가까이 가지 말라고 했다. 그러나 레옹이 외드를 껴안으려고 고집을 부리기에 나는 레옹을 살짝 발로 걷어차고는 눈을 부릅떴다. 레옹이 덤벼들 듯한 태도를 취하자, 엄마는 레옹을 품에 안아 내 시야에서 떨어뜨려놓았다. 파트리샤가 울면서 외드 블레즈의 엄마가 누구냐고 물었다. 그 질문들 사이사이 그래서, 어떻게 그럴 수가, 애인이 있는 거야? 그럼 나는, 나는, 내가 어쨌기에 이런 대접을 받아야 해? 하는 말을 넣어 리듬을 맞췄다. 그러자 엄마는 그녀에게 제발 울음을 그치고, 외드 블레즈의 기저귀나 갈아주게 기저귀를 찾아보라고 했다. 아버지는 칼라 벽지의 줄무늬를 세면서 집으로 돌아가자고 했다. 우리는 자리를 떴다. 아버지, 엄마, 나의 아들 그리고 내가.

외드 블레즈를 보고 있으면 황홀했다. 잘생기고 신중하며, 창백하면서도 생각이 깊은 듯한 모습이 꼭 나를 닮았다. 청춘 시절을 겪지 않고도 온갖 변덕스러움을 깨달은 애늙은이처럼 아이는 모든 상황에 적응했다. 녀석은 아버지 곁에서는 아버지를 닮았고, 엄마에게 안겨 있을 때면 엄마를 쳐다보았다. 애가 날 바라보고 있을 때는 또 내 마음에 쏙 들었다. 녀석은 마치 식욕을 돋우는 야채 같았다. 나는 녀석을 변화시키는 방법을 알아냈다. 녀석은 멋졌다. 아버지가 엄마는 즐거운 일이 있을 때 너무 큰소리를 낸다고 하는 바람에 엄마는 아이 돌보는 일을 그만두어버렸다.

"당신은 내 사소한 즐거움마저 막아버리려고 한다니까."

엄마가 불평을 늘어놓았다.

"난 당신이 즐거워하는 꼴이 싫거든. 남자처럼 소리를 질러 대잖아."

아버지가 대꾸했다.

그래서 엄마는 청소를 했다. 내가 어릴 때 했던 것보다 더 심하게. 엄마는 번쩍거리는 가구들과 바닥 냄새에 취해갔다. 빗자루가 남긴 얼룩에 낙심할 때면 쪼그리고 앉아 삼베 조각으로 바닥을 닦았다. 그리고 배를 납작대고 엎드려 냄새를 맡아본 후 더 닦아야 할 구석으로 자리를 옮겼다. 엄마가 아무리 냅킨을 정돈해두어도 소용이 없었다. 아버지가 벨벳 소파 팔걸이 위에 그것들을 동그랗게 늘어놓았으니까. 아버지로서도 어쩔 수가 없는 일이었다. 아버지는 계속 동그라미를 만들었다. 심지어 자신이 먹는 음식으로도 동그라미를 만들었고, 자신이 남긴 음식 쓰레기도 동그랗게 배열했다. 빵가루 입힌 직사각형의 생선을 나이프로 잘라 동그라미 모양이 나오지 않으면 짜증을 내기도 했다. 아버지가 저질러놓은 것들을 다 치운 후 엄마는 끊임없이 신경질을 내곤 했는데, 예전과 똑같았다. 다시 내 유년시절이 반복되고 있었다. 이 고양이 광대 같은 인간아, 좀 얌전히 있기라도 하지. 대체 누가 이런 멍청한 인간을 내게 떠맡긴 거야!

분위기가 험악해지면 나는 즉시 어린 시절의 질문들을 되살려냈다. 아버지와 처음 만났을 때 얘기를 들려달라고 하는 것이다. 그러면 엄마는 마음을 가라앉혔다. 아버지는 마치 자신은 그날 거기 없었던 것처럼 놀랍다는 표정으로 귀를 기울였다. 어릴 때부터 이미 나는 두 사람이 처음 만난 이야기를 꺼내면 화해시키기 쉽다는 사실을 알았다. 마치 파업이나 전쟁 발발 위험처럼, 그 기억은 두 사람을 결합시켜주었다. 나는 두 사람이 함께 세계 분쟁을 두려워할 때 식료품을 사던 엄마가, 이제는 한낱 허망한 꿈이 된 자신의 행복을 생각하며 한숨을 쉴 때가 좋았다. 물론 싸우다 말고 첫 만남 얘기를 할 때도, 그래, 그날 차라리 다리라도 부러졌더라면! 이라고 서두를 꺼내긴 했지만. 그리고 엄마는 아들이 이야기를 이끌어가도록 그대로 내버려두었다.

아버지와 엄마는 7월 14일 혁명 기념일 무도회에서 처음 만났다. 엄마는 마음에 들지 않는 드레스 차림이라 멍청해 보였고, 아버지는 맥주 냄새를 풍기고 있었다. 그들은 서로 첫눈에 반해 헛간에 누워 불꽃놀이를 감상했다. 그렇다, 당시에도 이미 불꽃놀이가 있었다. 두 사람은 손을 잡았고, 아버지는 하늘에 보이는 별의 이름에 대해 아무렇게나 지껄여댔다. 여러 해가 흘러 어느 날 엄마가 자신의 머리카락에 생긴 만월의 징후에 대해 아버지에게 확인하려고 했더니, 아버지는 점성술에 대해서라면 전혀 문외한이며 당시에는 그저 엄마의 마음에 들고자 했을 뿐이라고 털어놓았다. 그러고는 두 사람은 다시 무도회장으로 들어갔고, 아코디언 연주자가 그들과 다른 사람들을 위해, 〈생 장의 연인〉을 연주해주었다고 중얼거렸다. 엄마는 여전히 눈으로 전해지는 감미로운 사랑의 말을 믿으며, 자기 마음이 사랑의 포로가 되기까지는 키스 한 번으로 충분했노라고 말하면서 감동에 사로잡혀 이야기를 끝내곤 했다. 그 말이 나오면 아버지는 레코드판을 걸었고, 여가수는 두 사람의 만남을 다시 상기시켜주었다. 그러면 나는 두 분이 빠른 시일 내에 다시 만났느냐고 물었고, 엄마는 아니라고 대답했다. 네 아빠는 날 얻을 자격이 있었단다. 나는 사람들이 말하는 그런 쉬운 여자가 아니거든.

파트리샤는 이따금씩 우리 부모의 집에 찾아와 이혼을 요구했지만, 지나치게 강경한 어조라 일부러 그러는 수작이라는 게 뻔히 드러났다. 멍청한 여편네 같으니, 꺼져! 내가 말하자 그녀는 펄펄 뛰었고, 속셈이 드러난 것에 분개해서 내 부모님을 증인으로 내세웠다. 증오심은 꾹 삼키려무나. 그래 가지고는 아무것도 해결이 안 돼. 엄마가 조언을 하자 그녀는 화가 나서 가버렸다. 너무 소리를 지른 탓에 목은 바싹 마르고, 레옹을 팔 아래 끼고서. 예전에는 체면상 내 편을 들었다가 장인 장모와 언쟁을 벌인

적이 있었다. 내 체면 때문이라고, 엉뚱한 생각 마, 사랑해서 그런 건 아니니까. 그녀는 말했다. 입에 발린 말을 잘하는 그녀의 아버지는 어리석은 딸을 위해서는 뭔가 해줄 수 있지만, 남편이 바람이나 피게 내버려두는 못난이를 위해서는 아무것도 해줄 수 없다고 했다. 오직 폴 숙모만 나를 가엾게 여겼고, 한눈 팔지 않는 남자보다 여자가 많은 남자가 능력이 있는 거라며 열성적으로 나를 옹호해주었다. 심지어 손수 내게 전화를 걸어 그런 일은 하등 중요치 않다고, 사랑하는 여자에게 애를 낳게 한 건 참 잘한 일이라고 말해주기까지 했다.

그녀 역시 그런 위기들을 좋아했다. 매년 미루고 있지만서도 언제든 떠날 수 있는 유람선 여행과, 위기 사이를 오가는 그녀의 일상은 자기 일을 가진 젊은 여자의 삶에 비해 남부러울 것이 없었다.

지겨운 싸움이 끝나자 파트리샤는 결국 내게 돌아오라고 했다. 외드 블레즈를 데리고. 난 아이와 부모님 집에서 무척 편안하며, 적어도 우리 부모님은 툭하면 못살게 굴지는 않는다고 대답했다. 그러자 그녀는 내 엄마에게 남편을 돌려보내달라고 사정했고, 엄마는 어깨를 으쓱하며 아버지에게 의견을 물었고, 아버지는 물음을 반복하게 하더니 창을 연다고 등을 돌려버렸다. 파트리샤는 엄마에게 외드 블레즈를 보여달라고, 그저 보기만 하면 안 되냐고 애원했다. 며느리가 분명 애를 싫어하겠지만 뭐 어떻게 할 수 있겠냐고 생각한 엄마는 아이를 보여주었다. 파트 리샤는 한참 동안 바라보다가, 아이를 안아올려 품에 안고 가엾은 어린 것, 내가 엄마가 되어줄게, 약속할게, 꼬마천사야, 내가 네 엄마가 되어도 좋지? 하고 속삭였다.

그녀는 아이를 데리고 갔다. 엄마는 그녀가 하는 대로 내버려 두었다. 엄마는 벨벳 소파에 눌어붙은 침 자국을 솔로 긁어내느라 너무 바빠서 손자에게 신경을 써줄 겨를이 없었다. 아이는 소파에 침을 흘려 할머니를 두 번이나 끔찍한 상태로 몰아놓았지만, 이제는 그런 일도 없을 터였다. 엄마는 헐떡거리며 천을 문질러댔다. 아버지는 아무 말 없이 엄마가 청소를 계속하도록 허락했다. 헐떡거리지만 않는다면 똑같아, 여전히 깔끔하고, 헐떡거리지 않는다면 말이야, 아버지는 중얼거렸다.

그렇게 해서 아내는 내 아이를 사랑하게 되었다. 그녀는 외드 블레즈와 레옹에게 공평하게 시간을 할애했고, 레옹에게는 이따금씩 동생에게 좀더 양보를 하라고 하기도 했다. 확실히 두 잘생긴 아이를 안겨준 게 고마워서 그녀는 하라고 하면 죽는 시늉까지 할 정도였다.

그래서 나는 돌아와 다시 파트리샤와 살았다. 외드 블레즈는 나보다 그녀를 더 좋아했다. 그래서 녀석이 미워졌다. 녀석을 버린 로레트의 심정을 알 것 같았다. 나는 다시 그녀 생각을 하기 시작했다. 휴전 기간은 짧았다. 로레트는 부모님으로부터 쫓겨났을 때 살았던 하녀 방에 살지 않았다. 그녀는 대학교수와 함께 살고 있었고, 그때부터 그가 있는 대학에서 일도 하게 되었다.

저녁마다 그는 그녀에게 사랑한다고 말했고, 그녀는 딴생각을 하면서 **나도요** 하고 대답했다. 그녀는 나와 아이의 출산으로 망가져버린 자신의 삶을 생각했다. 그녀는 저녁을 차렸고, 나란히 앉아 음란 영화나 그녀가 비디오 숍에서 빌려온 테이프를 보았다. 그가 먼저 퇴근을 하면 그가 직접 가서 영화를 골랐고, 고르는 영화는 항상 그녀를 기쁘게 해주기 위한 로맨틱한 이야기들이었다. 정작 전쟁 영화를 보고 싶어 죽을 지경이었지만 그는 간신히 자제했다. 그녀의 마음을 상하지 않게 하기 위해서라면 모든 것이라도 주었을 것이다. 하지만 그녀가 꿈꾸게 하는 것은 전혀 다른 일이었다. 어린 시절 그녀는 덜 비겁하고 더 용감하며, 덜 울적하고 더 명랑한 매력적인 왕자님들을 열망했다.

파트리샤는 그 앞에서 아이 얘기는 입 밖에도 내지 않았고, 심지어 그가 처음 그녀를 가졌을 때 아직도 처녀라고 믿게 하려고도 했다. 그는 행여 그녀가 울상이라도 지을까 믿어주는 척했다. 그는 세상의 비참함을 자신의 의무로 떠맡는 부류의 사람이었고, 자신의 맹목적인 희생 속에서 속죄를 구하는 수동적 희생양이었다.

그는 그녀에게 청혼하기로 마음먹고 적당한 때가 오기를 기다리고 있었다. 텔레비전 드라마에서처럼 무릎을 꿇거나 촛불을 켜고 저녁 정찬을 들면서 샴페인 잔에 약혼반지를 숨겨놓는 식의 멋진 장면을 연출하고 싶었다. 웨딩드레스 숍 앞을 지날 때마다 그는 꿈을 꾸었고, 그러면서도 그녀가 진주 장식의 크림색 드레스는 고르지 말았으면 하고 바랐다. 그는 단순하면서 몸에 딱 맞는 옷들이 좋았지, 머랭그*와 결혼할 마음은 없었다. 그는 로레트를 데리고 이탈리아로 신혼여행을 떠날 계획이었다. 불행히도 방학 때로 맞춰야 하지만. 방학이 되어야 비로소 한가한 시간이 날 테니까 말이다.

우리는 늙어가고 있었다. 집에 들어가면 난 이방인이었다. 파트리샤는 내게 아이들이 먹다 남긴 것을 먹였다. 그것도 그녀와 함께 나누어 먹어야 했다. 그녀가 차린 걸 아이들이 싫어하면 바로 다른 음식을 만들어 먹이며 아이들의 모든 변덕을 받아주어야 했기 때문이었다. 아이 둘은 유년시절의 모든 끔찍한 일들, 거짓말, 심술, 이기주의, 분노, 못된 생각까지 몽땅 배워버렸다. 외드 블레즈와 레옹은 나중에 복수심으로 서로의 목을 조를 것이다. 둘 중 하나는 상대방의 약혼녀를 빼앗거나, 그도 아니면 직장이나 유산을 빼앗겠지. 그들은 피를 나눈 형제가 아니었고 절대로 그렇게 되지도 않을 것이다. 그들은 삶이 결정하는 대로

---

* 설탕과 계란 흰자위로 만든 크림 케이크의 일종.

되어버릴 것이다. 선행을 베풀 시간을 채 갖기도 전에 죽어버릴 거라는 말이다.

　나는 아이들 방에 남아 이제는 재미가 없다며 애들이 팽개쳐버린 퍼즐을 대신 맞추었다. 때때로 외드 블레즈와 레옹이 들어와 맞춘 퍼즐을 흩어놓기도 했는데, 그러면 나는 앞으로 나를 떠나지 않을 고통, 어린 시절 운동장에서 느꼈던 그 고통을 안은 채 내 방으로 돌아왔다. 성미 고약한 늙은 여교사처럼 변한 파트리샤가 애들 돌보는 데만 열중한 나머지 운영하던 통신회사는 도산 위기에 봉착했다. 그녀는 보모 자격증을 따겠다고 결심하기도 했다. 자신이 해야 할 진정한 일을 찾았다는 말과 함께. 그녀가 내게 다정하게 굴 때는 오직 아이 하나를 더 낳자고 부탁할 때뿐이었는데 그럴 때마다 나는, 싫어 파트리샤, 하고 대답했다. 그러면 그녀는 쾅 소리가 나도록 내 방문을 닫으며 다른 데 가서 애를 만들겠다고 말했다.

　다른 데라. 내게 나만의 다른 데라곤 이제 남아 있지 않았다. 그저 내 부모와, 그들의 고통스럽고 어두운 곳이 있을 뿐. 엄마는 전문시설에 아버지를 맡기려고 절차를 밟는 중이었다. 엄마 말로는 거기에 자리를 얻으려면 후원이 필요하단다. 그런데 우리 가족은, 지금껏 한 번도 후원이라는 걸 받아본 적이 없었다.

나는 중한 병에 걸려 내 목숨을 거두어갔으면 했다. 때때로 아버지가 마담 엑스를 만나던 광장에 가면 거기서 옛날에 학교를 같이 다니던 친구들을 마주쳤다. 가족과 함께 온 그들은 나를 생면부지의 사람 보듯했다. 나는 내가 정말 그렇게 많이 변했는지 궁금해서 물웅덩이에 내 모습을 비춰보았다.

　부모님은 내가 찾아갈 때마다 짜증을 냈다. 엄마는 참하게 자란 자식이 없어 얼마나 아쉬운지 모르겠다고, 그것만으로도 걱정거리는 충분하다고 했다. 아버지는 나를 뚫어져라 바라보았는데, 최면술사 같은 시선이었다. 사방의 벽으로 아무리 피하려 해도 어쩔 수가 없었다. 심지어 벽까지 내가 어렸을 때 어떻게 아버지를 감옥에 보냈고 우리집을 사창가로 만들었는지 폭로했다. 할아버지와 할머니의 초상화도 벽장 속에서 중얼거렸다. 엄마는 옛날에 내가 가지고 놀던 장난감들을 보관하고 있었는데, 나무 궤짝 안에 처박혀 있던 그것들도 내가 자라면서 얼마나 못된 주인으로 변했고, 매일 내가 집을 나설 때면 얼마나 기뻐했는지 이야기하며 시간을 죽였다. 파트리샤는 폴 숙모가 남들에게서 존경과 사랑을 받기 위해 연례행사처럼 말하는 유람선 여행 얘기를 다시 꺼냈다. 상냥한 태도로 내가 그저 가겠다고 하기만 하면 된다는 것이었다. 혼자서. 그러면 폴 숙모에게도 자극이 될 것이고 나로서도 좋은 일 한번 하는 셈이 될 거라고. 살아 있다는 것, 언제나 그건 아무것도 아닌 것보다 낫다. 그리고 무엇보다도 그녀에게 휴가가 될 테니까.

탕기 유람선회사 '안젤루스 호'의 선장은 갑판에 나와 우리를 열렬히 환영해주었다. 폴 숙모는 나를 자기 조카라고 소개했다. 나는 창피한 기분이 들었고, 왜 우리의 정확한 인척관계를 밝히지 않는지 이해할 수 없었다. 얼핏 내게선 젊은 애인 같은 분위기가 풍겼는데, 그녀는 자신이 그런 애인을 달고 다니는 게 자랑스러운 듯했다. 늙은 여자들이 사람을 창피하게 만드는 걸 낙으로 여긴다는 건 미칠 일이다. '안젤루스 호'는 한가롭게 운행을 계속했다. 많은 사람이 느려터진 여행에 멀쩡한 돈을 꼴아는다는 사실이 놀랍긴 했으나 내겐 문제될 게 없었다. 나는 다른 노인들처럼 이집트 구경은 전혀 하지 않고 '안젤루스 호'의 편의시설만 이용하기로 했다.

나는 관광에는 코빼기도 내밀지 않았고, 점심식사 전에 하는 게임에서 문화 일반에 관한 퀴즈를 풀었다. 우리는 분위기를 돋우는 광대 페트, 프루트와 함께 수상 폴로 경기를 했고, 룩소르의 아름다운 풍광은 감상하지 않았다. 그리고 이집트 댄스 경연 대회에서는 룰루의 엉덩이 속에, 룰루의 엉덩이 속에 같은 노래를 부르며 상대 팀을 놀려댔다.

'안젤루스 호'에는 굉장한 두뇌가 하나둘이 아니었다. 헤드헌터들이 보면 정신을 못 차릴 정도였다. 승객 모두가 왕성한 활동을 하던 전문가들이었다. 그들은 식탁에서, 갑판에서 자신의 삶에 대해 얘기를 나누었다. 만일 타이타닉 호 침몰 같은 비극이 발생하기라도 한다면, 프랑스는 이들 두뇌 회백질을 잃고 말 것이며, 나라 문을 닫는 수밖에 없을 것이다.

나는 파울로라는 별칭을 가진 자크 앙리라는 남자를 만났다. 나는 그가 정말로 성까지 해서 이름이 자크 앙리인지 의심스러웠다. 그의 말마따나 파울로라는 이름이 훨씬 간편했다. 파울로는 자신이 군에 있었다고 얘기했다. 그가 그런 얘기를 하는 동안, 슌이라고 불리는 그의 아내 모니크는 결코 발설해서는 안 되는 국가 기밀을 알고 있다는 듯 눈을 내리깔고 있었다. 혹시 거짓말쟁이와 '안젤루스 호' 여행을 함께하는 것이 너무 수치스러워 그런 것이 아니라면 말이다. 나는 그가 구세군 상사로 제대했을 것이라고 생각했는데, 다른 이들은 모두 파울로의 말을 믿는 기색이었다. 마치 그들 역시, 어떤 방식으로든, 비밀 부대에 있어서 그쪽 은어에 능숙한 것처럼 말이다.

다른 사람들은 꽤나 성공한 부류였다. 폴 숙모는 그런 냄새라면 기가 막히게 잘 맡았다. 그녀는 가장 근사한 그룹을 골라 끼어들었고, 그들 사이에서 늙은 홀아비 세계에 온 할멈처럼 활짝 피어났다. 나는 그녀가 애정문제에서만은 딱 부러지게 말하지 않는다는 걸 눈치챘다. 그녀는 아주 늦은 시간까지 디스코텍에서 죽쳤고, 거기서 대체 무얼 했느냐는 내 물음에 춤췄어, 춤을 췄다니까 하고 대답했다. 누구와? 혼자. 그런데 사람들이 날 쳐다보더라고.

나는 폴 숙모를 시작으로 늙은이들이 춤추게 만들었다. 냄새는 고약했지만, 어쨌든 잘 돌아갔다. 웃고, 마시고, 남자들은 서로의 등을 두드리고, 여자들은 넓적다리 뼈가 아픈데도 막간에는 다리를 꼬고 앉아 젊은 여자들처럼 머리를 매만지며 술잔을 홀짝였다. 나는 내 부모님도 이렇게 멋진 휴가를 위해 기꺼이 돈을 쓴다면 얼마나 좋을까 생각했다. 아버지는 처음에는 좀 거북해하겠지만 곧 분위기에 익숙해질 것이고, 엄마는 기꺼이 미친 여자처럼 굴 것이다. 어쩌면 쇠약해지긴 했지만 아직은 쓸 만한 자기 몸뚱이를 공짜로 제공했을지도 모를 일이다.

나는 노년의 나라에서 즐거운 시간을 누렸다. 사람이란 결국 자신에게 가장 좋은 것, 행복한 상태를 만들어내는 데 가장 적합한 것을 찾아내는 법이다.

나는 이집트가 좋았다. 미라와 할머니들과 피라미드가 좋았다. 특히 혀와 이에 달라붙는 동양식 디저트로 만들어진 뷔페식의 피라미드들이. 나일 강은 장방형을 이루고 있었고, 터키색 도자기처럼 깨끗하기 이를 데 없었다. 나는 물 만난 물고기처럼 그저 함께 있어준다는 것만으로도 늙은 폴 숙모에게 멋진 휴가를 제공해주고 있었다. 그후로 그녀는 로레트와 엄마와 함께 내 인생의 여자 중 하나가 되었다. 그녀는 오전 열한시부터 마셔대기 시작했지만, 타고난 정숙한 기질 덕분에 알코올 중독에 빠지진 않았다. 다소 남성적이면서도 매력적인 그녀는 늘 밝고 스스로에게 만족했다. 술이 한 모금 들어가면 그녀는 기상천외한 이야기들을 들려주었고, 군대 사령관 출신조차 입을 헤 벌린 채 그녀의 이야기에 귀를 기울였다. 그는 자기 마누라가 체면을 덜 차리더라도 좀더 야성적이었으면 하고 아쉬워했다. 폴처럼 해보라니까. 자, 슌, 우리에게 당신 엉덩이를 보여줘.

폴 숙모는 사람들이 봐주기만 한다면 그 즐거움을 위해 기꺼이 옷을 입고 의자에 앉은 채 풀장에 몸을 던질 준비까지 된 사람이었다. 틀어서 예쁘게 말아올린 희끗희끗한 뒷머리 덕분에 그녀에게선 부르주아 여인의 분위기가 났는데, 주사위게임을 하고 상품으로 받은 돼지 그림 티셔츠를 입고 있어 꽤 현대적으로 보이기도 했다. 티셔츠 아래로 보이는 다리는 지나치게 굵지 않고 무릎과 발목 부위가 약간 통통할 뿐 그럭저럭 볼 만했다. 그녀는 데이지 꽃장식이 달린 슬리퍼를 신고 있었다. 안에 받쳐입은 마린블루색 원피스 수영복은, 그녀가 과음을 했을 때나 못된 여행객이 피자나 아이스크림으로 장난친 바람에 그걸 닦아내느라 티셔츠를 벗을 때만 볼 수 있었다. 나는 그녀가 옷 벗는 걸 거북해한다는 걸 알아차렸다. 폴 숙모는 자기 육체를 편하게 여기지 않았다. 가능하다면 그녀는 뼈대가 꼿꼿했던 시절의 모습으로 자신을 다시 재단하고 싶었을 것이다. 그녀는 그 시절 그녀의 육체가 터뜨렸던 한바탕 웃음의 기억을 간직하고 있을 터였다.

어느 날 밤 나는 폴 숙모와 나 사이에 기묘한 친밀감이, 어떤 유혹 같은 감정이 흐르고 있다는 걸 느꼈다. 나는 노인의 몸에 흥미를 느끼는 나 자신에게 놀라움을 금치 못했다. 그녀 몸에서 나는 오드콜로뉴 향은 나를 매료시켰다. 그녀는 안 좋은 체취를 없애려고 종종 그걸 뿌렸다. 노인의 머리와 몸에서 나는 냄새, 자기 할머니조차 껴안기 싫게 만드는, 못된 아이들이, 할머니 냄새가 고약해, 하고 내뱉게 하는 퀴퀴한 냄새를 끔찍이도 싫어했다. 나는 그녀에게서 좋은 냄새가 난다는 걸 보여주려고 선실 앞까지 바래다주면서 그녀의 입술에 직접 입을 맞추기로 작정했다. 그녀는 내가 하는 대로 몸을 내맡기더니, 깜짝 놀란 기색으로 자기 선실에 들어오지 말라고 손을 내저었다. 나는 그녀의 입술 위에 손가락 하나를 댄 후 그녀의 선실로 들어갔다. 침대 위에 어지럽게 널려 있는 여러 벌의 드레스를 보고 그녀가 저녁에 어떤 차림으로 나타날까 고심했다는 것을 알 수 있었다. 그녀는 나보고 나가라고 했지만, 나는 그녀를 침대에 앉혔다. 그녀는 당장 그만두라고 했지만 나는 즉시 작업에 들어가 그녀의 몸을 풀어주었다. 그녀는 기뻐했다. 너무도 큰 소리로 표현하는 바람에 몸매 교정용 스타킹으로 그녀의 입을 틀어막아야 할 정도였다. 우리는 사십 분 만에 종이와 면과 에메랄드로 이루어진 혼인식을 치렀다. 그녀는 잠이 들었고 나는 그녀의 가방을 뒤져 남은 돈을 챙긴 후 내 선실로 돌아와 누웠다. 그리고 벽에 기대 몸을 웅크린 채 로레트와, 방금 노부인과 나눈 정사에 대해 생각했고, 그러다 덜컥 병이라도 걸리는 건 아닐까 겁이 났다. 아무 예방 조치도 취하지 않고 맺은 관계 때문에 노화에 감염되었을지도 모른다. 다음 날 나는 굳이 프랑스로 돌아가야겠노라고 고집을 피웠고, 폴 숙모는 내가 다른 배를 탈 때까지 기다렸다가 강간으로 고소했다.

돌아오면서 나는 짐짓 중병에 걸린 것처럼 꾸며내자는 기발한 생각을 해냈다. 다발성경화증. 한때 경화증에 깊은 관심을 가진 적도 있었다. 좀처럼 병세가 진전되지 않는 병이었다. 어렸을 때 다발성경화증이라는 병명을 듣고, 그것이 얇은 철판을 수없이 겹쳐 만든 일종의 케이크 같은 거라고 생각했다. 파트리샤는 병원에 가서 검사를 받아보라고 했지만, 나는 나 혼자 걸린 병을 아내가 함께 짊어지게 하는 것이 남편으로서 창피한 일이며, 그 병에 걸린 책임은 전적으로 내게 있으니 결과를 감수하겠다고 주저리주저리 늘어놓았다. 내 병은 내버려둬, 내가 알아서 할게, 걱정하지 마. 내가 병에 걸렸다는 사실은 파트리샤를 너그럽게 만들었다. 사나운 성미는 친절과 상냥함에 자리를 내주었다. 이따금 나는 그녀에게 애써 그러지 말라고, 내가 걸린 병 때문에 일부러 나긋나긋하고 상냥하게 굴 필요는 없다고 말했다. 그러자 그녀는 다발성경화증과는 상관없어요, 그냥 그렇게 되어버린 거지 하고 대답했다.

때로 주말이면 입원 치료를 핑계로 호텔에 처박혀서 침대에 누워 지냈다. 호텔에서는 재깍재깍 맛없는 파이나 오믈렛을 올려 보냈는데, 나는 파이 따위에는 손도 대지 않았고 텔레비전을 보며 미니바에 비치된 술이나 마셨다. 그녀의 손아귀에서 벗어나니 그렇게 편할 수가 없었다. 아주 어린 여자애들을 데리고 호텔 방에 올라갈 때도 있었는데, 그 아이들은 그런 것에 우쭐해했다. 나는 하교 때를 맞춰 교문 앞에서 기다려 애들을 낚았다. 그녀들은 내가 살아오면서 한 번도 사귀어보지 못했던 애인들을 생각나게 했다. 이따금 그녀들이 친구와 떨어져 있기 싫다고 해서, 여럿이 함께 방에 올라와 담배를 피워대며 내가 목욕하는 모습을 지켜보기도 했다. 그녀들은 아양을 떨기도 했지만, 부모들이 기다리지 않도록 간간이 시간을 확인했다. 아이들은 벌을 받을까 두려워했다. 그러나 내게 벌주는 것은 좋아했다. 그녀들은 가차 없이 나에게 형을 집행했다. 나와 동침하는 것이 그녀들에게는 선물이라도 되는 것 같았다. 그녀들은 나에게 고마워했다. 집에 갈 때는 고맙다는 말을 잊지 않았다.

나는 텔레비전 퀴즈쇼라는 신세계를 발견했다. 거기에 재미를 붙이자마자 매일 퀴즈 영웅들을 보고 싶어 안달이 났다. 내 일반교양 지식도 쓸 만한 수준이어서 퀴즈쇼에 출연할 수도 있을 테지만, 그러자면 수준 미달자를 걸러내는 시험을 봐야 하는데 그럴 용기는 없었다. 대신 나는 틀린 답이 나오면 조롱을 퍼부었고 흥미로운 정답이 나오면 머릿속에 기억해두었다. 또 출연자들이 어떻게 옷을 차려입었는지 눈여겨보았다. 그들의 매너가 마음에 들었다. 개중에는 으스대는 태도로 자신이 중요 인사라는 티를 내면서도, 일반인처럼 개인적인 메시지나 인사말을 하고 싶은 마음을 누르지 못하는 남자들도 있었다. 사회자가 쏟아내는 조잡스럽지만 매혹적인 레퍼토리에 우쭐해하되 결코 속아 넘어가지 않는 여자들도 있었다.

어느 날 파트리샤는 내 주치의에게 전화를 걸었다가, 그런 이름의 의사가 병원에 없다는 걸 알고는 나를 강제로 신경정신과에 데려가 진찰을 받게 했다. 다발성경화증에 걸리지 않았으며 지극히 건강하다는 결과가 나왔다. 파트리샤는 기뻐하기는커녕 나를 거짓말쟁이로 취급하고 그 사실을 장모에게 일러바쳤다.

여자들은 자신이 무얼 원하는지 알지 못한다. 로레트는 아이를 하나 낳았지만 곧바로 버렸고, 파트리샤는 통신사업 분야에서 대단한 커리어를 쌓고자 했지만 결국 아이를 돌보는 하녀로 전락하고 있었다. 그녀는 사랑해서 나와 결혼했다고 하면서도 두 아이가 있는 지금은 날 바닥에 기어다니는 벌레만도 못하게 봤다. 그리고 엄마는 내가 보러 갈 때마다 한숨이 남긴 흔적들을 바라보며 더 큰 한숨을 푹푹 내쉬었다.

나는 세탁부가 되어 다른 사람의 옷을 빨거나 화재를 진압하는 소방관이 되고 싶었다. 입양되거나 혹은 여섯 살의 나이에 중병에 걸려 남들이 혹시 나를 잃지나 않을까 걱정된 나머지 평생 나를 가엾게 여기며 살아가길 바랐다. 개를 한 마리 키우거나 아주 영리하고 싹싹한 애완동물 한 마리를 가지고 싶었다. 로레트와 결혼해 그녀에게 로맨틱한 영화를 빌려다주느라 비디오 가게에 드나들고 싶었다. 의사가 되어 사람들을 치료하거나 어떤 감흥도 없이 그들이 죽어가는 모습을 지켜보는 데 익숙해지고 싶었다.

"거기서 비켜. 거치적거리잖아. 거기 그렇게 버티고 있으면 애들은 어디서 밥을 먹겠어?"

파트리샤는 끊임없이 날 들들 볶아댔고, 그럴 때마다 애들은 엄청 웃어댔다. 녀석들은 퓌레가 튀어나올 정도로 커다랗게 입을 벌리고 웃어댔다. 파트리샤는 애들이 얌전히 식사를 할 수 있도록 나보고 나가라고 했다.

벌써 몇 달 전부터 나와는 어느 곳에도 동행하지 않던 파트리샤가 내가 노인 강간사건 심문을 받아야 하는 경찰서에는 굳이 따라가겠노라고 고집을 피웠다.

"당신이 그랬지? 그랬다고 내게 털어놔. 당신이 그랬다고 확신하고 있으니까. 당신이 폴 숙모를 강간한 거야, 그렇지? 응?"

나는 대답하지 않았다. 우리는 함께 경찰서를 향해 걸었다. 나는 투덜거리지도 않고 그녀가 쏘아대는 욕설을 잠자코 들었다. 행인들은 나를 측은해했다. 아이들은 나에게 손가락질을 해댔다. 경찰들은 나를 부당하게 대우했다. 병상에 있는 사람이라도 아직 욕망과 쾌감을 느낄 수 있으리라 생각하는 사람은 없었다. 세계적으로 교육을 다시 시켜야 한다. 늙은 여자들은 다 구석에 처박혀 말라 비틀어지도록 내버려두어야 한단 말인가? 나는 머리카락이 빳빳하고 가슴은 커다란, 늘씬한 금발 미녀에게만 눈길을 두는 젊은 늑대들의 이기주의를 규탄하며 저항해보려고 했다. 그러자 경관 하나가 내 어깨를 잡고 흔들었다. 다른 경관은 펜을 찾아 내 눈을 찌르려고 난리였다. 파트리샤는 날 빵간에 처넣어달라고 말했다. 텔레비전 드라마에서 들은 대사였다. 그녀는, 저자를 빵간에 처넣어요, 난 집에 갈 거예요, 애들을 돌봐야 하니까, 하지만 제발 저 작자는 감옥에 가둬두세요, 라는 말만 되풀이했다. 그녀는 집으로 돌아가지 않았다. 창살 너머에 있는 내 모습을 보고 싶어하는 것 같았다. 그녀는 내 생활 태도와, 내가 행여 약물에 의존하고 있는 건 아닌지에 대한 질문을 받자 그렇다고 대답했다. 내가 항변하려 하자 다들 입 닥치라며 내게 고함을 질렀다. 그래, 닥치고 가만있어, 당신은 강간이나 하라고, 말은 내가 할 테니, 이제 끝장을 내자고! 파트리샤는 울부짖었다. 그녀는 내가 유년시절부터 사회성에 문제가 있었고, 친자식조차 사랑하지 못하는 사람이라고 설명했다. 저 사람은 아무도 사랑하지 않아요, 그저 자신만 생각할 뿐이죠. 저 사람을 먹여 살리는 사람도 나고, 아이들을 키우는 사람도 나예요, 저 사람은 모든 것을, 모든 사람을 괴롭혀요, 항상 그랬어요, 그런데 왜 그런 사람과 결혼했느냐고요? 사랑했으니까요, 뭔가 다른 게 있었고, 정상적이지 않지만 다른 사람들 같지 않았고, 또 결혼하겠다고 했으니까요, 여자가 남자의 재능을 살리려고 꿈꾸는 건 멋진 거잖아요, 이해하시죠? 사람들은 침묵하고 있었다. 이제 내가 질문할 차례였다. 강간범을 만드는 게 멋있는 거야?

갖가지 견해가 개진되었다. 법은 그녀를 비난했고, 법은 그런 점에서 옳았다. 파트리샤는 결코 나를 성공한 사람으로 만들 수가 없었다. 흔히 사람들이 말하는 훌륭한 사람, 괜찮은 사람으로 말이다. 그녀는 견실한 여자로서 자신의 꿈에 몸을 맡겼으나, 그건 애초부터 잘못된 것이었다. 결혼만큼 돌이키기 힘든 것도 없다. 그녀는 자신의 꿈을 내게 알렸어야 했다. 그랬더라면 내가 설명을 해주었을 것이다. 하지만 내게 말한들 무슨 소용이 있으랴, 사회의 해충인 내게. 차라리 평범한 부부라는 부드러운 진흙 투성이 풀밭 위에서 나른하게 몸을 굴리는 편이 나았을 텐데.

폴 숙모가 소환되었고, 뒤를 이어 장인 장모, 심지어 입 싼 가정부 릴라까지 소환되었다. 이따금씩 경관들이 방아쇠에 손가락을 건 채 눈을 부라리며 거물처럼 거들먹거리며 지나갔다. 그 꼴을 보니 웃음이 나왔다. 어떤 경관은 쇼크를 받은 아가씨의 가방에 발이 걸려 비틀거렸고, 그녀는 날카로운 비명을 질렀다.

폴 숙모는 도착하자마자 안경을 고쳐쓰고는, 저자예요, 라고 말했다. 그렇게 하는 걸 영화에서 본 것이다. 장모는 그래 그래, 알아요, 폴 숙모, 저자를 확인하러 온 게 아니라 숙모의 증언에 서명을 하러 온 거라고요, 그렇게 쳐다보지 말아요, 그러는 게 저 사람을 자극한다니까요 하며 면박을 주었다. 그러자 폴 숙모는 조심스럽게 내 쪽을 힐끔거렸다. 나는 인사 대신 가볍게 손짓을 했으나, 그녀는 답하지 않았다. 휴가가 그녀를 완전히 변하게 만든 것이다. 휴가를 떠나지 않았어야 했다. 휴가는 그녀를 완전히 망가뜨렸고, 가혹한 사람으로 만들어버렸다. 엉망진창으로.

삶은 영원히 반복되는 것이다. 내가 찾아간 정신과 의사는, 학교 다닐 때 나를 검사했던 사람과 친척으로 보일 정도로 닮은 사람들이었다. 그는 말도 상냥하게 했고, 아무것도 적지 않았으며, 날 이해한다는 듯 고개를 끄덕이기도 했다. 나는 그에게 늙은 여자들의 욕망에 대해 얘기했다. 로레트의 약혼자로서 내가 제격이라고도 했다. 파트리샤가 비정상이라는 말도 했다. 그녀의 광기는 오랫동안 잠재된 것이었다. 어느 날 그녀는 엄마가 하루 종일 교문 뒤에서 자기를 기다리지 않았다는 사실을 알게 된 날 배신감을 느꼈다는 유년시절의 기억을 얘기했다. 그 바보는 엄마가 자기를 학교에 데려다주고 하교 시간까지 다른 엄마들과 함께 길거리에서 지루하게 기다리겠거니 생각했다는 것이다. 그런 여자 중에 임시직을 구하거나 매춘부로 빠지는 여자들이 나오는 것이다. 쉬는 시간이면 파트리샤는 생각했다. 아이를 더 일찍 데려가지 못하도록 선생님들이 부모들을 숨겨두는 거라고. 어렸을 적부터 이미 그녀의 병은 잠복해 있었다. 소녀 시절, 동정심을 사고 싶어서 절뚝이거나 손바닥 안으로 숨겨서 마치 손가락이 없는 것처럼 보이려고 했던 행동들. 또 누군가의 동행인 것처럼 보이려고 괜찮아 보이는 낯선 이의 곁에 바싹 붙어 걷던 습관. 그녀는 그런 사실을 내게 털어놓았다. 유모차를 밀고 가는 남자 옆에 찰싹 붙어 걷는 그녀를 본 적도 있다. 나는 아이들에게 집착하면서 그녀의 몸에 배어가는 대단히 멍청한 짓거리들에 대해서도 의사에게 이야기했다.

한편 로레트는 자신보다 덩치가 큰 학생들 앞에서 따분하기 짝이 없는 과목을 가르치면서, 이따금 내가 어디 있는 건지 궁금해했다. 부모님과 마주칠 리 없는 시간을 골라 때때로 우리 동네를 배회하기도 했다. 눈을 들어 내 방 창문을 올려다보기도 했지만, 내 그림자는 보지 못하고 개똥벌레처럼 사그라지는 밤새들의 그림자만 볼 뿐이었다. 가엾은 그녀는 이제는 자신의 약혼자를 사랑하지 않았고, 어떻게 그렇게 오랫동안 그자 곁에서 살 수 있었는지 의아해했다. 이전에도 그녀는 스튜어디스들과 변태적

유희로 소일하면서 정작 그녀에게는 섹시하지 않다고 비난하는 쓰레기 같은 작자를 사귄 적이 있었다. 그놈은 그녀가 남자를 유혹할 줄 모른다고, 차라리 가죽 끈으로 졸라맨 치마 차림에 굽 높은 부츠를 신는 게 어떻겠냐고 말하며 자신의 성 불능을 감추려 했다. 거실 한가운데서 엉덩이를 살랑살랑 흔들며 걸어보라는 주문을 하기도 했다. 그녀가 그 말을 따르는 동안 둘의 눈에는 눈물이 고였다. 그녀는 그 형편없는 작자를 어떻게 해야 할지 알 수 없어서였고, 그는 고질적인 발기부전을 어떻게 할 수 없어서였다. 일요일 아침이면 그들은 가게에 가서 소시지와 빵을 샀다. 텔레비전에서 독일 드라마가 방영되는 오후, 그녀는 그를 쥐어짜서라도 잠깐이나마 사랑을 나누었으면 했지만, 그는 비계덩어리처럼 물렁한 상태로 늘어져 있기만 했다. 물론 그도 그녀를 엎어놓고 뭔가 좀 느껴보려고 하긴 했다. 하지만 아무런 감흥도 일지 않았다. 그는 암고양이, 염소, 낙타 등 짐승의 엉덩이를 떠올려보다 말고, 결국 몸을 일으켜서 냉장고에서 맥주를 꺼냈다. 정말 시원하군, 캔을 따며 그가 지껄이는 동안 로레트는 다시 팬티를 끌어올렸다. 그녀는 그와 헤어지고 점잖고 나이 지긋한 법학과 교수를 만났다. 여러 달이 흐르자, 대체 어떻게 그렇게 오랫동안 자신이 그런 성불구와 지낼 수 있었는지, 어떻게 스스로가 잘못된 건 아닌가 의심할 수 있었는지, 어떻게 그렇게 순순히 자신의 성격과 삶의 이유를 팽개칠 수 있었는지 궁금해졌다. 법학과 교수가 죽고 나서 그녀는 새로운 애인을 만들었고, 밤이면 침대에 누워 강간당하는 자신을 떠올리며 즐거워했다. 그게 빌미가 되어 나에 대해서도 생각을 하게 되었다. 애인이 무슨 생각 해? 하고 물으면 그녀는 아무것도, 라고 대답했고, 그러면 그는 그럼 누구 생각? 하고 물었고 그녀는 어쨌든 당신 생각은 아냐, 라고 대답했다.

내 문제를 놓고 부모님은 끊임없이 다투었다. 면회를 온 엄마는 허공을 바라보며 자신이 어쩌다 이런 처지가 된 거냐고 언성을 높였다. 엄마가 주저리주저리 푸념을 늘어놓는 동안, 나는 아버지에게 폴 숙모가 동의했을 뿐 아니라 섹스를 부추겼다고 설명했다. 같은 남자니까 이해할 거라고 생각해서였다. 아버지는 내게 거짓말하느라 그렇게 애쓸 필요 없다고, 로레트도 강간으로 나를 고소했다고 했다. 말하고 나면 마음이 훨씬 편해질 거라며 파트리샤가 그녀를 꼬드긴 것이다. 그렇게 해서 부모님은 또 하나의 사건, 즉 로레트 건에 대해 알게 되었고, 부모님은 당연히 그녀의 말을 믿었다. 미혼모의 말이 아들의 말보다 훨씬 더 설득력 있었다는 말이다.

로레트는 어느 밤 내가 강간을 하려고 자기 집에 침입했다고 말했다. 자신이 비명을 지르진 않았다는 사실은 인정했다. 한 번 응해주면 학창 시절부터 계속 자신에게 치근덕거리는 걸 그만두게 할 수 있다고 생각했고, 원하는 걸 얻으면 그녀를 놓아주겠다고 내가 약속했기 때문이라고 했다. 내가 눈앞에서 완전히 사라져버리게 하려고 몸을 내주었다는 얘기다. 쉬운 이야기였다. 그렇지만 나는 나를 용서할 수 있는데, 아버지는 나를 용서하지 않았다. 왜냐하면 그때의 일로 아이가 생겨버렸으니까. 엄마 노릇에 적응하지 못하고 자신의 무능에 대해 날 핑계 삼는 건 너무 간단한 발상 아닌가요? 이기주의자 같으니, 나는 게거품을 물었다. 엄마는 닥쳐, 이 더러운 강간범아, 하고 내 입을 막았다. 아버지는 얘가 정상이 아니라는 걸 알잖아, 라고 말하며 엄마에게 입을 다물라고 했다.

바보 같은 말장난을 하고는 혼자서 웃는 꽁지머리의 변호사가 내 변호를 맡았다. 면회올 때마다 내 긴장을 풀어주기 위해 부산하게 굴긴 했지만 전혀 그럴 필요가 없었다. 나는 이미 긴장이 풀릴 대로 풀려 있었고, 곧 출소해서 평안한 생활을 누릴 테니까. 그는 내가 입원 치료를 받을 수 있도록 최선을 다하겠다고 약속했다. 무척이나 마음이 동하긴 했지만 나는 통원 치료가 더

좋다고 말했다. 그는 내가 미쳤다는 것만 입증할 수 있다면 그것
이 구속되지 않고 치료를 받을 수 있는 유일한 방법이라고 대꾸
했다. 그리고 내가 내 자식들과 완전히 결별하는 것을 바라지 않
는다는 말도 덧붙였다. 하지만 그거야말로 쓸데없이 풍차와 싸
우는 격이었다. 내 자식들이야 그가 돌봐줄 수도 있었다. 아이를
가진 사람들이란 참으로 자기중심적이고 거들먹거리기 좋아하
고, 자부심이 대단하다. 그들은 실상 자기 자식에 대해 털끝만큼
도 관심이 없다. 즐거운 게 있다면 자신과 닮은 점을 발견하는
것과 뭔가 성취했다는 느낌을 갖는 정도랄까. 여자들은 자신들
의 개구리, 고양이, 하트, 남근, 슈슈*, 올빼미, 장난감, 기생충
앞에서 정신을 못 차리고, 남자들은 그런 여자들을 따라하며, 그
렇게 우리는 자신의 배꼽과 성기 외에는 사랑해본 적이 없는 페
스트 환자들의 세상에서 살고 있는 것이다.

---

* 좋아하는 대상을 일컫는 애칭.

216

내 편이라곤 아무도 없는 이 세상에서 나는 홀로 판결을 기다렸다. 나는 그 불쌍한 사람들에게 폴 숙모와의 동침은 별 감흥이 없었고, 나에게 두 번의 정신착란의 대가를 치르도록 하는 것이 얼마나 천박한 일인지 이야기해줄 셈이었다. 아무 망설임 없이 그 늙어빠진 몸뚱이에 달라붙어, 잠시라도 흥분시키기 위해 고생했던 건 그들이 아니다. 일이 끝난 다음에 그걸 심판하는 건 쉬운 일이다. 마치 파파 할머니를 황홀경으로 보내는 것이 간단한 일이라는 듯 말이다. 다시는 그런 일로 체포되지 않으리라는 걸 재판관들에게 약속할 것이다. 그들에게 설명해주고 그런 일은 하지 말라고 말할 것이다. 여자들은 어느 정도 나이를 먹으면, 쾌락에 대해 감사의 마음조차 품지 않으니까.

로레트가 자기 아이를 만나는 걸 파트리샤가 허락해주었다는 사실을 부모님에게서 들었다. 그녀들은 정기적으로 만나고 있었다. 그 둘은 결국 한데 뭉칠 것이다, 그건 분명했다. 그들은 한통속이었고, 서로 원하는 바가 같았고, 어제오늘 일이 아니었다. 내가 거기 말려든 것이다! 사악한 두 년은 서로에게 끌리자 나를 창살 안에 처박아넣은 것이다. 이제야 모든 게 명확해졌다. 정녕 그랬다. 그리고 이 한 판의 연극을 꾸며낼 생각을 한 것은 폴 숙모였다. 유람선 여행을 떠나기 전, 파트리샤와 로레트가 서로 마음에 들어가자, 폴 숙모가, 얘들아 걱정하지 말고 행복하게 지내렴, 내가 모든 걸 알아서 처리할 테니, 하고 말한 게 틀림없다. 이 얼마나 가증스럽고 비열한 일인가. 고등학교 시절부터 이미 이 일은 싹트고 있었다. 그런데 그런 일을 면전에 대놓고 고백할 수 없었을 것이다. 분명했다. 로레트와 파트리샤가 만들어놓은 단단한 핵을 중심으로 악성 종양은 점점 커져가고 있었던 것이다. 로레트에게 아이를 가지라고 권한 건 파트리샤였을까? 파트리샤에게 처음에는 일부러 아이를 미워하는 척하라고 얘기한 건 로레트였을까? 누가 뭘 한 거지? 누가 누굴 원한 거야? 누가 뭘 얻었지? 그럼 나는?

나는 혼자였다. 내가 여드름 치료를 도와준 릴라조차 내가 성도착자라고 진술했다. 버림받는다는 것은 죽음과 연결되어 있다. 나는 복수하고 싶었지만 날 도와줄 친구가 없었다. 경찰관 행세를 하면서, 주변 사람들에게 그들이 저지르지도 않은 살인죄로 고발하겠다고 겁을 주고 싶었다. 아니면, 밤마다 전화를 걸었다가 끊어서 단잠을 방해하고 싶었다. 파트리샤의 사무실에 냅다 발길질을 해서 박살을 낸 다음 온 사방에 오줌이라도 갈기고 싶었다. 돈 많은 구두쇠 사업가의 삐까뻔적한 책상 위에서 아무 때나 아무 여자나 데리고 섹스하고 싶었다. 그녀들이 초조해하면서도 보채지 않고 문 뒤에서 얌전히 자기 차례를 기다렸으면 좋겠다. 나는 감옥에서 생을 마감할 것이고, 그녀들은 음모를 성공시킨 것이다. 나는 용사처럼 싸웠으나, 이 세상에 용사가 설 자리는 없다.

변호사는 여전히 내가 정신병원에 격리될 것이라 약속했고, 파트리샤는 그런 용어들을 좋아했다. 그녀는 자신이 흥미진진한 리얼리티쇼를 살고 있는 것 같은 기분이었다. 그녀로서는 내가 아직 자살을 기도하지 않은 것이 아쉬울 따름이었다. 내 자살 기도가 빠졌고 이제는 다발성경화증이라고 말할 수는 없었으니, 내 남편이 자살 기도 후 정신병원에 있어요, 라는 식으로 사람들이 걱정스러워할 만한 말들을 꾸며낼 수만 있었다면 더욱 기뻤을 것이다. 그런 새로운 문장을 쓸 수만 있다면 그녀는 자신이 중요하고 책임감 있는 사람이라고 느꼈을 텐데.

로레트와 그녀의 새 애인이 파트리샤와 함께 외드 블레즈의 양육을 맡겠다고 요청했고, 그것이 받아들여졌다는 소식이 들려왔다. 세상은 미쳐가고 있었다. 내 변호사는 유능했다. 그는 승소했고, 나는 정신병동에 격리되었다.

끊임없이 되풀이되는 삶에서 즐거운 일은 추억의 장소를 다시 찾아가는 것이다. 언젠가 본 듯한 그 느낌은 신비롭고 매혹적이다. 마지막으로 마담 엑스를 찾아간 이후로 에델바이스 요양원에 간 적이 없었다. 그런데 사람들이 나를 뒷구멍으로, 즉 응급실로 해서 그곳에 입원시켰다. 마담 엑스가 손가락을 꼽았던 그 정원에 들어갈 수는 없었지만, 내가 있는 병동에도 제라늄 꽃이 만발한 네모진 뜰이 있었다. 어떤 환자들이 제라늄 꽃을 뽑아내버리면 다른 쪽에선 다른 환자가 그걸 다시 심고 있다. 그게바로 자연의 순환이었다. 아귀 같은 무리들이 자연을 파괴하면선량한 이들이 그걸 지켜내는 것이다. 나는 식물의 순환 주기나줄기에 대해 깊이 생각하면서도, 행여 찔릴까 두려워 손은 대지 않는 지적인 무리에 속했다. 간호사들은 우리를 하루에 두 번 뜰로 나오게 해서 조깅을 하거나 담장을 따라 걷게 했지만, 담장을 타고 기어오르는 일만은 금지시켰다. 우리 중 몇몇은 담장 밑으로 터널을 뚫겠다며 손가락으로 흙을 파기도 했다. 간호사들은 우리를 병동으로 들여보내며 아무렇지도 않다는 듯 신발바닥으로 퍼올린 흙을 쓱쓱 밀어 구멍을 메워버렸다.

　내 방이 높은 층에 자리잡고 있어서, 우리 뜰과 담장 하나를 사이에 두고 있는 마담 엑스의 정원을 볼 수 있었다. 그곳에 들어가지 못하는 게 아쉬웠다. 저 멀리 나무를 끌어안고 입을 맞추느라 많은 시간을 보내는 여자가 마담 엑스인지 아닌지 가까이서 확인하고 싶었다. 마담 엑스와 결혼해서, 얼간이들과는 멀리 떨어진 이 병원에 갇힌 채 새 가족을 이루어 행복하게 살고 싶었다. 좋아하는 사람들을 병원에 수용해달라고 요구할 수도 있을 터였다. 나는 이제 어느 누구도 좋아하지 않지만, 그녀는 우리 아버지가 함께 있어준다면 행복해할지도 모른다. 그녀라면, 나를 진정한 사내로 만들어준 그녀라면, 우리 아버지와 영원히 함께해도 좋을 것이다. 그녀가 나무에 대고 얘기를 하는 동안, 아버지와 나는 그녀의 뒷모습을 바라보며, 나이가 들었고 출산 경험도 있는데다 매우 야위었는데도 허리선이 무척이나 미끈하게 빠졌다는 데 동감할 것이었다. 그녀를 보호해줄 나무가 없는 밤이 되면, 아버지와 난 번갈아가며 그녀를 침대로 데려가 안으며, 그녀가 잠들 수 있도록, 더는 죽음을 두려워하지 않도록 아이의 죽음에 대해 이야기해줄 것이다. 그리고 죽음이란 한순간에 문득 찾아오는 것이라 설명해주며, 전원 스위치를 켰다 끔으로써 낮밤이 바뀌는 것과 같다는 식으로 우리의 이론을 구체적으로 알려줄 것이다. 마지막으로 전등을 끄는 순간 그녀는 죽는 것이고, 매일 아침 전등을 켜자마자 바로 되살아나는 셈이라고. 그녀는 우리의 성녀가 되고, 아버지와 난 그녀의 수도승이 되리라. 우리는 병원 길목마다 서서 친구들에게 복음을 전하고, 제라늄 줄기를 놓고 실랑이를 벌이는 짓은 하지 말라고, 그건 아무 해결방도가 없는 짓이라고 말해줄 것이다. 그러느니 어둠의 패권을 위해 투쟁하는 편이 더 나으니 궁상맞은 짓일랑 당장 멈추라고.

살아오면서 나는 줄곧 이런 곳에 갇히기를 꿈꿔왔지만, 이런 곳이 존재한다는 걸 몰랐기 때문에 좀더 일찍 들어올 수가 없었다. 이미 '안젤루스 호'를 타고 여행을 하는 동안 내 수준에 딱 맞는 작은 세상에 온 듯한 이런 만족감을 느낀 적이 있다. 도대체 왜 내가 어렸을 때 이런 곳에 보내지 않은 건지 이해할 수가 없었다. 그랬다면 난 인생을 맘껏 펼쳐볼 수도 있었을 테고 어쩌면 의학 공부를 할 수도 있었을 텐데. 광기가 나를 삼켜버렸다. 광기의 공간은 너무나 넓어 도무지 메울 수가 없었다. 수준이 같은 사람들끼리 한데 어울려 살면서 더이상 스스로를 잃어버리지 않는 특별한 곳이 있다는 걸 몰랐기 때문에, 삼십오 년이란 세월을 허비해버린 것이다. 죽을 때가 되어 넓은 바다에 방생되는 어항 속 물고기가 된 듯한, 코앞에서 초콜릿잼을 바른 파이를 빼앗기고는 마른 빵조각만 받아 든 채 울음을 터뜨리는 비만한 아이가 된 듯한 배신감이 들었다.

어릴 적 난 늘 같은 꿈을 되풀이해서 꾸었다. 꿈속에서, 김이 서린 유리창에 그림을 그리며 놀다보면 어느 순간 갑자기 내 모습이 유리창 위에 떠올랐다. 병에 찌들어 사지가 비틀리고 수척한 모습에 반백이 된 머리, 허리가 구부정하게 흰 그 형상은 분명 나였고, 그 나는 나를 바라보며 미소를 짓고 있었다. 내가 손으로 유리창에 서린 김을 문질러 내 모습을 지우면, 노인은 유리창에서 튀어나와 나를 통째로 삼켜버렸다. 그러면 이번엔 내가 노인이 되어 있었다. 유년기에서 성인의 시기를 건너뛴 채 노년기에 이른 것이었다. 나이가 들고 노쇠해진 나는 방 구석에 널린 장난감을 만지며 속으로 중얼거렸다. 그래, **칠십 년 동안 바뀐 건 아무것도 없어.**

어렸을 적 나는 가족과 일과 타인에 대해 배웠다. 어린아이였던 나는 어린아이를 죽이고 어른이 되었지만, 영혼은 길을 잃고 말았다. 내 영혼은 아주 먼 곳, 어둠의 세계에서 떠돌고 있었던 것이다.

사회는 내가 의사가 되고, 사랑을 나누며, 태평하게 사는 길을 차단했다. 나를 정신분열증 환자로, 반품으로 만들어버렸다. 행복이란 야만인들, 섬세하지 못한 인간들의 전유물이었다. 조금이라도 순수함을 지니고 태어나는 인간은 평생 타인들에 의해, 그리고 그들의 끝없는 파괴력에 의해 자신이 짓밟히는 걸 지켜본다. 그들이 그 끝없는 파괴력을 사용하며 누리는 사악한 즐거움에 의해서 말이다. 윽박지르고, 짓밟고, 더럽히고, 제거해버린다. 섬세함이란 요람에서부터 거세된 터라, 거짓말쟁이들의 세상에선 그것이 설 자리가 없었다.

나는 이따금 약을 먹는 척하고는 이내 뱉어서 양말 속에 감춰두었다. 그랬다가 나중에 기분이 내킬 때 한꺼번에 삼켜버렸다. 가끔은 약을 모을 수 없는 날도 있었는데, 간호사가 입을 벌리게 하고는 전부 삼켰는지 확인했기 때문이었다. 나는 약이 뱃속에 들어가 어릴 때 서로 교환하던 목걸이처럼 변해버리는 모습을 상상하고 싶지 않았다. 물론 다른 애들이 교환했지, 나는 아니었다. 사랑이란 줄타기처럼 아슬아슬하면서도 때 묻지 않은 작은 드롭스로 이루진, 헐렁한 고무줄만 남을 때까지 하나씩 깨물어 먹는 오색찬란한 보석 같은 것임에 틀림없었다.

하루하루 짜인 일과가 불편하진 않았다. 오히려 정반대였다. 그 일과는 내가 배고프고 졸음이 오고 움직일 필요를 느낄 때 정확하게 응답하도록 딱 맞게 만들어져 있었다. 나는 매일 아침 새로운 하루를 맞이할 준비가 되어 있었고, 결코 조금만 더 누워 있게 내버려달라고 사정하지 않았다. 내겐 해야 할 일들이, 이루어야 할 꿈이 수없이 많았다. 병동 맞은편에 있는 정원에 대한 아쉬움을 제외하면, 내 생활은 어떤 극적인 사건이나 원한이나 유감도 없이 술술 풀려나가던 터라, 머지않아 내가 원하는 걸 할 수 있도록 허가가 나리라 믿고 있었다. 심지어 담장을 타고 넘어가 정원에서 뛰노는 것까지도. 난 인간성에 대한 믿음은 있었지만, 인간에겐 때로 스스로에게 무고하고 매우 연약한 적을 만들어내는 무시무시한 능력이 있다는 것도 알고 있었다. 하지만 또한 인간은 비겁하고 겁 많은 존재라는 것도 알고 있었고, 난 그 자격 없는 짐승들을 좋아했다.

이곳에서 맞는 크리스마스는 놀라울 정도로 훌륭했다. 간호사들은 우리가 색칠한 작은 종이 공을 매달아 휴게실에 트리를 세웠다. 트리를 준비하는 데만도 몇 달이나 걸렸는데, 누군가 그림을 그리면 다른 누군가가 마음에 들지 않는다며 그걸 찢어버리든가 그 위에 새로 그려넣기 때문이다. 간호사 중 하나가 우리보고 종이 한 장 전체를 한 가지 색으로 칠해 그걸로 공을 만들어보라고 했다. 그러고 나면 간호사가 공에 실을 꿰고 그날 제일 얌전하게 굴었던 사람이 트리에 그 공을 다는 것이다. 하지만 색칠하는 시간에도 우리 중 몇몇은 공을 씹어 먹거나 트리에서 나뭇잎을 뽑아버렸다. 그래도 간호사는 인내심을 잃지 않는데, 그녀는 이런 식의 크리스마스가 일생 내내 지속된다는 사실에 익숙해진 듯 보였다. 크리스마스이브가 되자 내가 어릴 적 불렀던 것과 똑같은 노래를 불렀지만, 영 엉망진창이었다. 내가 어릴 적 크리스마스 미사를 마치고 돌아올 때는 그런 식으로 제멋대로 가사를 지어내 부르는 건 감히 생각도 못했다. 내 아이들과 함께 보낸 크리스마스를 떠올려보면, 그리울 건 아무것도 없었다. 넘쳐나는 선물꾸러미와, 그중에 자기가 원했던 선물이 하나라도 빠지기라도 하면 애들이 짓던 험악한 눈초리들. 내 아이들은 괴물같이 흉측스러웠고 그런 애들에 미쳐 있던 마누라는 애들을 망가뜨리면서 자기 자신도 망가져가고 있었다.

여기선 늘 크리스마스 아니면 부활절이었지만, 부활절엔 행사 같은 게 없었다. 환자 중 하나가 복도에 십자가를 그리거나 (병원의 유일한 십자가였다), 다른 사람 몸 위에 십자가를 그린 후 십자가형에 처하려고 해서 말썽을 일으키는 게 다였다.

크리스마스도 부활절도 아닐 때면, 크리스마스나 부활절이 되기를 기다리며, 비가 눈으로 바뀌는 걸 바라보았다. 사람들은 여름도 좋아했는데, 제라늄 꽃이 막 고개를 내미는 걸 바라보기도 했고, 맨발로 마당에 나가 차가운 몸에 와 닿는 흙의 온기를 느끼기도 했다. 우리가 사랑도 나눌 수 있었을 거라는 생각이 들지만, 약이 우리를 온순하게 만들었다. 성욕을 잠재울 수 있는 약이라며, 한 의사가 간호사에게 약이 든 주사기를 건넸다. 일전에 바닥에서 뭔가 집으려고 몸을 숙였을 때 내가 사소한 성적 행위를 요구했던 그 간호사였다. 그때 그녀는 주머니에서 경보기를 꺼내 미친 듯 울려대더니 나보고 즉각 바지를 올리고 벽을 향해 돌아서라고 악을 써댔다. **망할 놈의 사디스트**, 나는 그녀를 사디스트 취급했다. 도착한 의사는 간호사의 블라우스 단추가 뜯겨져나간 걸 보고 놀라는 기색이긴 했지만, 그도 분명 그 상황을 즐겼으면서도 이를 악물고 나에게 **망할 놈의 얼간이**라고 내뱉었다.

하지만 난 귀머거리가 아니었다. 내 감각은 심지어 비정상적
으로까지 날카로워져 있었고, 그동안 있었던 어느 곳보다도 이
곳은 내 감각을 예민하게 만들었다. 이곳 생활은 삶이 아니었다.
부드럽고 따뜻하고 낯설었으며 모든 게 느리게 흘러갔고, 복도
와 전등과 칸막이벽이 있었지만, 죽음 역시 아니었다.

엄마, 아버지, 아내 모두가 한목소리로 나를 영원히 정신병원
에 가두라고 요구했다. 나보다 앞서 카미유 클로델도 그랬는데,
세상은 천재를 달가워하지 않았다. 그랬다, 좋아하지 않았고, 내
가 뛰어난 사람이 되도록 내버려두기를 두려워했다. 즉각적으로
공모가 이루어졌다. 물에 턱만 적셔도 머리통 전체가 처박히는
건 일도 아니었다. 학교에서는 아이들에게 아르키메데스의 원리
대신 그런 법칙을 가르쳐야 한다. 내 천재성은 그들을 미치게 만
들었고, 나를 감금시킴으로써 그들은 구원받은 것이다. 그들은
내게서 복음을 구현하러 온 전령의 모습을 보지 못했고, 자신들
의 우상을 숭배하기보다는 파괴하는 편을 택했다. 그들은 내게
주사를 놓도록 명령했고 담장이 쳐진 뜰을 달리도록 강요했다.
난 끔찍한 음모의 대상이었다. 그러나 그들은 이것이 결국 날 행
복하게 하는 길이라는 걸 추호도 의심하지 않았다. 허허로운 땅

을 달리면서 난 내면의 세계로 돌아가고 있었다. 잃어버린 시간을 되찾고 있었던 것이다. 난 성숙한 수인이 되었다. 결국에는 이런 일이 알려질 터이고, 사람들을 놀라게 하리라.

내가 무엇보다 바라는 건 배를 깔고 엎드린 채 땅속에 묻히는 것이었다. 우리는 늘 죽은 사람이 등을 대고 똑바로 누워 두 눈을 감고 입 가장자리를 감친 채 두 손으로 묵주를 쥐고 잠들기를 바란다. 죽은 자들에게 꼿꼿한 자세로 있기를 바라는 것이다. 그렇지만 난 몸을 웅크린 채 잠들고 싶었다. 난 화장되길 바라지 않는다. 관 속에 엎드린 자세로 두 주먹을 꼭 쥐고 배꼽에 갖다 댄 모습으로 넣어주기를 바랐다. 내 배꼽 말이다. 그러고 나면 난 영원히 살아 그 매듭을 풀어보리라.

검은 문을 통해 들여다본 세상

클레르 카스티용은 조숙한 작가다. 2000년 『다락방』이라는 놀랍고도 당혹스러운 소설로 비평계의 주목을 끌고 대뜸 많은 독자를 확보했을 때, 그녀의 나이 겨우 25세였다. 그리고 두번째 소설 『나는 뿌리를 내린다』로 소설가로서의 입지를 다진 그녀는 2002년 『여왕 클로드』로 어느새 프랑스 현대 주요 작가의 대열에 끼게 되었다. 『왜 날 사랑하지 않아?』는 그녀의 네번째 작품으로, 이전의 작품들보다 월등히 완숙한 경지에 이르렀다는 평을 받았으나, 아쉽게도 문학상 수상을 하지는 못했다. 그러나 그 아쉬움에 대한 보상이라는 듯, 프랑스 문단은 이듬해인 2003년 『그녀에 대해 말하다』로 티드 모니에 대상을 수여했다. 거의 매년 작품을 발표한 그녀는 소설 이외의 영역에도 눈을 돌려 희

곡『기침하는 인형』을 써 무대에 올리기도 하였다.

　2006년에는 엄마와 딸의 관계를 다룬『로즈 베이비』라는 소설집을 발표했고, 2007년에도 남자와 여자의 관계를 다룬 소설집『사랑을 막을 수는 없다』를 발표했다.

　총 일곱 권의 작품, 데뷔한 지 칠 년 만의 일이다. 다작이면서도 빨리 쓰는 편이다. 그럼에도 작품들의 수준이 고르며, 다양한 주제의 글들을 쓴다. 다양한 화자들을 내세워 다양한 상황 속에 놓인 인간들 간의 관계 혹은 인간 자체의 변화를 그리는 그녀의 발랄한 상상력은 사람들의 감탄을 사기에 충분하다. 독자의 상식적 기대를 비웃기라도 하듯 예기치 않은 방식으로 전개되는 이야기와 그것을 이끌어나가는 빠른 호흡은 결코 스물다섯 살에 데뷔한 작가의 솜씨라고 믿기지 않을 정도로 노련하다. 교묘하게 사용하는 생략 어법, 간결한 문체, 표현의 경제학이라 할 만한 그녀의 필치로 보면, 마치『왜 날 사랑하지 않아?』의 화자처럼 '너무 빨리 자랐고, 어린 나이에는 느낄 수 없는 삶의 고통을 늘 떠안고 있다'는 느낌을 준다. 그런 점에서 볼 때 그녀는 조숙한 작가이다.

　클레르 카스티용은 불온한 작가이기도 하다. 여기서의 불온

함은 '어긋남'에 기대고 있다. 당연히 그러하리라 혹은 마땅히 그리 되어야 한다고 기대하는 독자의 예상을 매번 뒤집어버리는 어긋남. 소설 속 화자는 결코 일상적인 삶과 가치관에 매여 있지도 않고 굳이 그런 것에 대해 관심을 두지도 않는다. 아버지의 정부가 낳은 아이를 살해하고 아버지에게 누명을 씌워 감옥에 보내는 것에도, 어머니로 하여금 매춘을 하도록 강요하는 것에도 양심의 가책이나 거리낌이 없다. 또한 사랑하지 않으면서도 다만 생활이 편할 것 같아 결혼하고, 결혼해서 낳은 자신의 아이를 공항 주차장의 쓰레기통 옆에 방기하고 다른 여자와 잠자리를 하는 것에도, 아내의 숙모를 강간하는 것에 대해서도 아무런 죄의식을 느끼지 못한다. 그러한 반인륜적인 행위 이면에서 반성이나 후회, 자책 등의 기미를 찾으려 해보았자 아무 소용이 없다.

대체 작가는 어떤 괴물을 그리려고 하는 것인가? 혹시 사랑이 결여된 가정에서 성장기를 거치면서 겪은 정신적 외상으로 인해 반사회적 성격이 형성되었고, 그로 인해 파행적인 행동이 나온다는 식의 도식을 소설화한 것은 아닐까? 화자가 진정한 사랑이라는 것을 전혀 겪어보지도 느껴보지도 못했기 때문에 그 결과 상궤에서 벗어난 행동양식을 보여주는 것은 아닐까? 물론 그렇게 볼 수도 있을 것이다. 그러나 그러한 의구심만으로 이 소설을 읽는다면 많은 것을 놓치게 된다. 물론 소설을 읽다보면 구성의 대칭—예컨대 애정이 결여된 부모의 닮은꼴로서의 화자 부부라거나, 아버지의 정부에 해당하는 자리에 화자에게는 로레트라는 여자가 있다거나, 사산된 누이와 방기되는 아들—을 엿볼 수도 있으며, 따라서 악순환의 고리로 인과론적 결말을 살필 수도 있을 것이다.

그러나 정작 중요한 것은 작가가 화자에게 부여하는 인식과 판단의 방식이라 할 수 있다. 자폐적이라고 할 수도 있는 화자의 인식은 타자를 '나'와 동등한 존재로 인식하는 것이 아니라, '나'의 존재에 필요없거나 무용한 혹은 생존에 필요한 도구로만 인식한다. 그럴 때 사르트르식으로 말한다면 세상은 사물화된 존재로만 가득한 것이 된다. 습관과 일상성은 근거 없는 것들을 근거가 있는 것으로 막연하게 인식하게 만드는데, 작가는 우리가 몸담고 살아가고 있는 이 사회에서 지켜야 할 가치와 윤리, 감정이라고 하는 것의 근거를 마치 껍질을 벗겨버리듯 박탈해버렸을 때 삶이 어떤 양상을 띨 수 있는지 실험이라도 하는 듯하다. 독자의 기대 혹은 예상에서의 어긋남은 바로 그러한 공통된 가치 추구라는 묵약을 깨어버리는 데서 나오는 것이다. 아무리 감동적인 내용이라 할지라도 소리를 죽여버렸을 때 텔레비전 화면 속 드라마는 우스꽝스러운 몸짓, 의미 없는 소극에 지나지 않는다. 화자의 일탈적 행동은 우리 삶에서의 소리, 다시 말해 누구나 암암리에 인정하는, 그러나 내면에서 공감하는 것이 아니라 그저 그렇게 받아들여져 깨지 말아야 할 금기처럼 여겨지는 가치를 제거했을 때 발생하는 결과라 할 수 있다.

애당초 인간 사이의 소통이라는 것이 소중히 여기고 추구해야 할 가치가 아닐 때, 사랑이라고 하는 감정이 진정성에서 우러나오는 것이 아니라 습관적인, 그래서 귀찮고 짜증나는 것이 되어버릴 때—예컨대 숙모가 화자에게 강간당한 후 경찰서에서 화자를 보았을 때 하는 말과 행동은 텔레비전에서 본 그대로의 말과 행동을 자동인형처럼 반복하는 것에 지나지 않는다—인간의 삶이란 얼마나 끔찍한 것인지를 우리는 이 소설을 통해 확연히 느낄 수 있다. 클레르 카스티용이라는 작가를 불온한 작가—프랑스에서는 '마녀'라고도 한다지만—라고 감히 지칭하는 것은 그러한 까닭에서이다.

이 작품은 이전의 소설들에서 나온 여러 가지 테마들을 다시 차용하고 있다. 방기, 유년시절, 감금에의 불안, 세상에의 부적응, 남들은 다 세상 속에 편입되어 있는데 자신만 세상 밖에 놓여 있다는 느낌, 그렇다고 세상 속에 편입될 수 없거나 혹은 편입되고 싶지 않다는 생각, 언제 어디서나 출구를 찾아나서는 모습 등. 화자는 결코 매력적인 타입의 인물이 아님에도 작가는 일종의 애정마저 느끼고 있는 듯하다. 이 소설의 화자에 대해 어떤 생각을 품고 있는지 작가의 말을 그대로 옮겨보자. "심지어 나는 그에 대해 애정을 느껴요. 그는 내가 닫고 싶지 않은 어떤 문을 내 안에 열어주지요. 검은 문을…… 나는 유채색만 보고 싶지는 않아요. 혹시 내가 암흑으로 통하는 그 문을 닫아버리지는 않을까 두려워요. 나 자신을 비껴가지나 않을까 하는 두려움 말이에요."

2007년 가을
김윤진

지은이 **클레르 카스티용**

1975년 프랑스 불로뉴 비양쿠르 출생. 스물다섯 살에 『다락방』을 발표한 이래, 거의 매해
한 편씩 작품을 내놓으며 평단과 독자들의 주목을 한 몸에 받고 있다. 아름답고 고혹적인
외모와는 달리 가치 전복적이며 도발적인 작품 성향 때문에 '천사의 얼굴로 악마의 글을
쓰는 작가'로 불린다. 『로즈 베이비』『사랑을 막을 수는 없다』『나는 뿌리를 내린다』『렌
클로드』『그녀에 대해 말하다』(2004, 티드 모니에 대상 수상작) 등의 작품이 있다.

옮긴이 **김윤진**

서울대학교 사범대학 불어교육과를 졸업하고 같은 대학에서 번역학으로 박사학위를 받았
다. 서울대학교와 이화여자대학교 통번역대학원에서 강의를 했으며, 현재 한국문학번역
원에 있다. 저서로 『불문학 텍스트의 한국어 번역 연구』, 옮긴 책으로 『프랑스 낭만주의』
『조서』『파스칼』『플랫폼』『유클리드의 막대』『한밤의 사고』 등이 있다.

문학동네 세계문학
왜 날 사랑하지 않아?

| 1판 1쇄 | 2007년 10월 31일 |
| 1판 2쇄 | 2008년 4월 28일 |

지 은 이	클레르 카스티용
옮 긴 이	김윤진
펴 낸 이	강병선
책임편집	김지연 김미정
펴 낸 곳	(주)문학동네
출판등록	1993년 10월 22일 제406-2003-000045호

주 소	413-756 경기도 파주시 교하읍 문발리 파주출판도시 513-8
전자우편	editor@munhak.com
전화번호	031) 955-8888
팩 스	031) 955-8855

ISBN 978-89-546-0402-4 03860
www.munhak.com